楽《たの》しく考《かんが》える

教《きょう》科《か》書《しょ》のお話《はなし》

2年《ねん》生《せい》

楽《たの》しく考《かんが》える

教《きょう》科《か》書《しょ》のお話《はなし》 2年《ねん》生《せい》

もくじ

昔話は内容は同じでも、教科書の文とはことなるものもあります。

カバーイラスト 死後《しご》くん

はじめに

この本《ほん》を読《よ》むみなさんへ

この本《ほん》には、「かさこじぞう」や「にゃーご」など、教科書《きょうかしょ》にのっているお話《はなし》が入《はい》っています。

「きつねのおきゃくさま」は、ぜひ声《こえ》に出《だ》して読《よ》んでほしいお話《はなし》です。音読《おんどく》することで、物語《ものがたり》の文章《ぶんしょう》にリズムを感《かん》じることができます。また、「きつねは、どうしてあんな行動《こうどう》をしたんだろう?」「自分《じぶん》だったらどうするだろう?」と問《と》いを持《も》つこともあるでしょう。登場人物《とうじょうじんぶつ》がしたことや言《い》ったことに、心《こころ》を動《うご》かされたり、思《おも》わずくすくすと笑《わら》いが起《お》きたりすることもあるでしょう。

この本《ほん》では、登場人物《とうじょうじんぶつ》を通《とお》して、自分自身《じぶんじしん》を見《み》つめることができる作品《さくひん》を多《おお》く紹介《しょうかい》しています。「読《よ》むこと」で、私《わたし》たちの中《なか》に生《う》まれる問《と》いに向《む》き合《あ》い、心《こころ》を豊《ゆた》かに育《はぐく》んでほしいと願《ねが》います。

保護者《ほごしゃ》の方《かた》へ

小学校《しょうがっこう》の時《とき》に読《よ》んだ物語《ものがたり》、といわれて、大人《おとな》になった皆《みな》さんが思《おも》いうかべるお話《はなし》はなんでしょう？　「おおきなかぶ」「モチモチの木《き》」「ごんぎつね」「海《うみ》のいのち」など、今《いま》も教科書《きょうかしょ》に掲載《けいさい》されているお話《はなし》を思《おも》い出《だ》された方《かた》もいらっしゃることでしょう。

本書《ほんしょ》は、今《いま》の子《こ》どもたちにはもちろん、かつて子《こ》どもだった大人《おとな》の皆《みな》さんにもお勧《すす》めしたい一冊《さつ》です。親子《おやこ》で読《よ》んでいただき、ぜひお話《はなし》についての感想《かんそう》を話《はな》し合《あ》ってみてください。いつのまにか、本音《ほんね》で話《はな》し合《あ》っていることに気《き》づくことでしょう。共通《きょうつう》の題材《だいざい》について、自由《じゆう》に感想《かんそう》を話《はな》し合《あ》うことが、子《こ》どもたちの心《こころ》を育《そだ》てることにつながります。大人《おとな》の皆《みな》さんにとっても、それはかけがえのない時間《じかん》になると思《おも》います。

読書《どくしょ》は、「非認知能力《ひにんちのうりょく》」を育《はぐく》むのに効果的《こうかてき》です。好奇心《こうきしん》や共感性《きょうかんせい》、コミュニケーション能力《のうりょく》などの非認知能力《ひにんちのうりょく》は、学校生活《がっこうせいかつ》だけでなく、社会生活《しゃかいせいかつ》においても役立《やくだ》ちます。非《ひ》認知能力《にんちのうりょく》を育《はぐく》むことで、子《こ》どもたちはより豊《ゆた》かな心持《こころも》ちで過《す》ごすことができるでしょう。本書《ほんしょ》は読《よ》み物《もの》としてだけでなく、コミュニケーションのための一冊《さつ》としても、ぜひ活用《かつよう》していただきたいと思《おも》います。

さあ皆《みな》さんでお話《はなし》の世界《せかい》を楽《たの》しみましょう！

筑波大学附属小学校《つくばだいがくふぞくしょうがっこう》　国語科教諭《こくごかきょうゆ》　白坂《しらさか》　洋一《よういち》

かさこじぞう

［文《ぶん》］岩崎京子《いわさききょうこ》　［絵《え》］死後《しご》くん

むかし　むかし、あるところに、じいさまと
ばあさまが　ありましたと。
たいそう　びんぼうで、その日《ひ》　その日《ひ》を　やっと
くらしておりました。
ある年《とし》の　大《おお》みそか、じいさまは　ためいきを
ついて　いいました。
「ああ、そのへんまで　お正月《しょうがつ》さんが

ござらっしゃると　いうに、もちこの
よういも　できんのう。」
「ほんにのう。」
「なんぞ、売《う》る　もんでも　あれば
ええがのう。」
　じいさまは、ざしきを
見《み》まわしたけど、なんにも　ありません。
「ほんに、なんにも　ありゃせんのう。」
　ばあさまは、どまのほうを　見《み》ました。
　すると、夏《なつ》の　あいだに　かりとって
おいた　すげ*が　つんで　ありました。

＊カヤツリグサ科《か》スゲ属《ぞく》の多年草《たねんそう》の植物《しょくぶつ》。

「じいさま　じいさま、かさこ　こさえて、まちさ売《う》りに　いったら、もちこ　買《か》えんかのう。」

「おお　おお、それが　ええ、そうしよう。」

そこで、じいさまと　ばあさまは　どまに　おり、ざんざら、すげを　そろえました。

そして、せっせと　すげがさを　あみました。

かさが　五《いっ》つ　できると、じいさまは　それをしょって、

「帰《かえ》りには、もちこ　買《か》ってくるで。にんじんごんぼも　しょってくるでのう。」

と　いうて、でかけました。

まちには　おおどしの　いちが　たっていて、
正月買《しょうがつが》いもんの　人《ひと》で　大《おお》にぎわいでした。
うすや　きねを　売《う》る　店《みせ》も　あれば、
山《やま》から　まつを　切《き》ってきて、
売《う》っている　人《ひと》も　いました。
「ええ、まつは　いらんか。おかざりの　まつは
いらんか。」
じいさまも、声《こえ》を　はりあげました。
「ええ、かさや　かさやあ。かさこは　いらんか。」
けれども、だれも　ふりむいてくれません。
しかたなく、じいさまは　帰《かえ》ることに　しました。

「年《とし》こしの　日《ひ》に、かさこなんか　買《か》う　もんは
おらんのじゃろ。ああ、もちこも　もたんで　帰《かえ》れば、
ばあさまは　がっかりするじゃろうのう。」
いつのまにか、日《ひ》も　くれかけました。
じいさまは、とんぼり　とんぼり　まちを　でて、
むらの　はずれの　のっぱらまで　きました。
風《かぜ》が　でてきて、ひどい　ふぶきに　なりました。
ふと　顔《かお》を　あげると、道《みち》ばたに　じぞうさまが
六人《ろくにん》　たっていました。
おどうは　なし、木《き》の　かげも　なし、ふきっさらしの
のっぱらなもんで、じぞうさまは　かたがわだけ　雪《ゆき》に

うもれているのでした。
「おお、お気《き》のどくにな。さぞ　つめたかろうのう。」
じいさまは、じぞうさまの　おつむの　雪《ゆき》を
かきおとしました。
「こっちの　じぞうさまは、ほおべたに　しみを
こさえて。それから、この　じぞうさまは　どうじゃ。
はなから　つららを　下《さ》げて　ござらっしゃる。」
じいさまは、ぬれて　つめたい　じぞうさまの、
かたやら　せなやらを　なでました。
「そうじゃ。この　かさこを　かぶってくだされ。」
じいさまは、売《う》りものの　かさを　じぞうさまに

かぶせると、風《かぜ》で
とばぬよう、しっかり
あごの　ところで　むすんで
あげました。
　ところが、じぞうさまの
数《かず》は　六人《ろくにん》、かさこは　五《いつ》つ。
　どうしても　たりません。
「おらので　わりぃが、
こらえてくだされ。」
　じいさまは、自分《じぶん》の
つぎはぎの　手《て》ぬぐいを

とると、いちばん
しまいの　じぞうさまに
かぶせました。
「これで　ええ、
これで　ええ。」
そこで、やっと
あんしんして、うちに
帰《かえ》りました。
「ばあさま　ばあさま、
いま　帰《かえ》った。」
「おおおお、じいさまかい。

さぞ　つめたかったろうの。かさこは　売《う》れたのかね。」

「それが　さっぱり　売《う》れんでのう。」

じいさまは、とちゅうまで　くると、じぞうさまが

雪《ゆき》に　うもれていた　話《はなし》を　して、

「それで　おら、かさこ　かぶせてきた。」

といいました。

するとこ、ばあさまは　いやな　顔《かお》　一《ひと》つ　しないで、

「おお、それは　ええ　ことを　しなすった。

じぞうさまも、この雪《ゆき》じゃ　さぞ　つめたかろうもん。

さあさあ　じいさま、いろりに　きて

あたってくだされ。」

じいさまは、いろりの　上《うえ》に　かぶさるように
して、ひえた　からだを　あたためました。
「やれやれ、とうとう、もちこ　なしの　年《とし》こしだ。
そんなら　ひとつ、もちつきの　まねごとでも
しようかのう。」
じいさまは、
米《こめ》の　もちこ　ひとうす　ばったら
と、いろりの　ふちを　たたきました。
すると、ばあさまも　ほほと　わらって、
あわの　もちこ　ひとうす　ばったら
と、あいどりの*　まねを　しました。

＊もちつきのとき、うすのそばにいてもちをこね返《かえ》すこと。

それから　ふたりは、*つけな　かみ　かみ、
おゆを　のんで　休《やす》みました。
すると　まよなかごろ、雪《ゆき》の　なかを、
じょいやさ　じょいやさ
と、そりを　引《ひ》く　かけごえが　してきました。
「ばあさま、いまごろ　だれじゃろ。ちょうじゃどんの
わかいしゅが　正月買《しょうがつが》いもんを　しのこして、いまごろ
引《ひ》いてきたんじゃろうか。」
ところが、そりを　引《ひ》く　かけごえは、
ちょうじゃどんの　やしきの　ほうには　いかず、
こっちに　近《ちか》づいてきました。

耳《みみ》を　すまして　聞《き》いてみると、
六人《ろくにん》の　じぞうさ　かさこ　とって　かぶせた
じさまの　うちは　どこだ
ばさまの　うちは　どこだ
と、うたっているのでした。
そして、じいさまの　うちの　まえで　とまると、
なにやら　おもい　ものを、ずっさん　ずっさん
と　おろしていきました。
じいさまと　ばあさまが　おきていって、あまどを
くると、かさこを　かぶった　じぞうさまと、
手《て》ぬぐいを　かぶった　じぞうさまが、

＊つけもののこと。

じょいやさ　じょいやさ
と、からぞりを　引《ひ》いて、帰《かえ》っていくところでした。
のきしたには、米《こめ》の　もち、あわの　もちの
たわらが、おいてありました。
そのほかにも、みそだる、にんじん、ごんぼや
だいこんの　かます、おかざりの
まつなどが　ありました。
じいさまと　ばあさまは、よい　お正月《しょうがつ》を
むかえる　ことが　できましたと。

にゃーご

［作《さく》］宮西達也《みやにしたつや》
［絵《え》］宮西達也《みやにしたつや》

「いいですか、これが　ねこです。
この　顔《かお》を　見《み》たら　すぐに　にげなさい。
つかまったら　さいご、
あっというまに　食《た》べられてしまいますよ」
こねずみたちは、先生《せんせい》の　話《はなし》を
いっしょうけんめい　聞《き》いています。
でも……あれえ……

先生《せんせい》の　話《はなし》を
ちっとも　聞《き》かずに
おしゃべりしている
こねずみが　三《さん》びき　いますよ。
しばらく　して　三《さん》びきが
気《き》がつくと、みんな
いなくなっていました。
「あれれ、だれも　いないよ」
「それじゃあ　ぼくたちは
ももを　とりに　いこうか」
「うん、いこう　いこう」

こねずみたちが　あるきだした
そのときです。
にゃーご
三《さん》びきの　まえに　ひげを　ぴんと
させた　大《おお》きな　ねこが　手《て》を
ふりあげて　立《た》っていました。

三《さん》びきは　かたまって
ひそひそ声《ごえ》で　話《はな》しはじめました。
「びっくりしたね……」
「この　おじさん　だれだあ」

「きゅうに　でてきて
にゃーご　だって」

「おじさん　だあれ？」

ねこは　どきっと　しました。

そこで　こねずみは　もういちど
「おじさん　だあれ？」

と、げんきよく　ききました。

「だ、だ、だれって……た、たまだ」

ねこは　いってしまってから
少《すこ》し　顔《かお》を　赤《あか》くしました。

「そうか　たまか……ふーん」

「たまおじさん、ここで　なに　してるの？」
「な、なにって……べ、べつに」
ねこは　口《くち》を　とがらせて　こたえました。
「じゃあ　ぼくたちと　いっしょに
おいしい　ももを　とりに　いかない？」
それを　きいて、ねこは　思《おも》いました。
（おいしい　ももか……うん、うん。
そのあとで　この　三《さん》びきを……ひひひ……
きょうは　なんて　ついているんだ）
ねこは　こねずみたちを　せなかに　のせると、
ももの　木《き》のほうへ　はしっていきました。

三《さん》びきの　こねずみと　ねこは　ももを
食《た》べはじめました。
（う、うまい……でも　たくさん　食《た》べたら　いけないぞ。
おなか　いっぱいに　なったら、こいつらが
食《た》べられなくなるからな。ひひひ……）
ねこは　ももを　食《た》べながら　思《おも》いました。
ももを　食《た》べおわると、三《さん》びきの　こねずみと
ねこは　のこった　ももを　もって、
帰《かえ》っていきました。
そして、あと　少《すこ》しの　ところまで　きたときです。
ねこは　ぴたっと　とまって、

にゃーご
できるだけ　こわい　顔《かお》で
さけびました。
そして、
「おまえたちを　くってやる！」
と、いおうとした
そのときです。

にゃーご
にゃーご
にゃーご

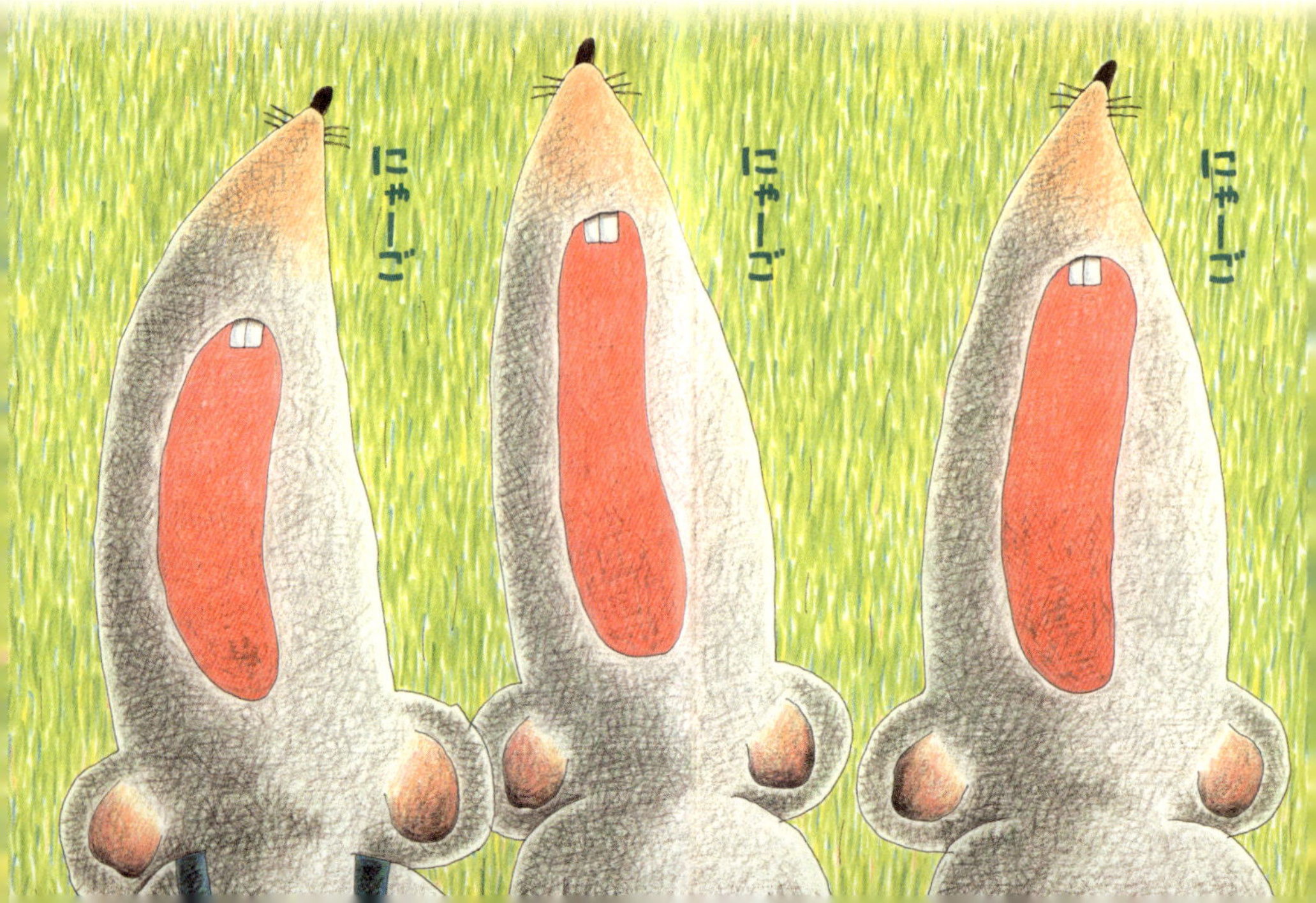

三《さん》びきが　さけびました。

「へへへ……たまおじさんと　はじめて　あったとき、
おじさん　にゃーご！　って　いったよね。

あのとき、おじさん　こんにちは！　って
いったんでしょう。

そして　いまの　にゃーごが　さよなら　なんでしょ」

「おじさん　はい　これ　おみやげ」

「みんな　ひとつずつだよ。ぼくは　弟《おとうと》に　おみやげ」

「ぼくは　妹《いもうと》に」

「ぼくは　弟《おとうと》に。たまおじさんは　弟《おとうと》か　妹《いもうと》　いるの？」

「お、おれの　うちには
こどもが　いる……」

ねこは　小《ちい》さな　声《こえ》で
こたえました。

「へー　なんびき？」

「四《よん》ひきだ」

ねこが　そう　いうと、

「四《よん》ひきも　いるなら
一《ひと》つじゃ　たりないよね。

ぼくの　あげる」

「ぼくのも　あげるよ」

「ぼくの　ももも」

「うーん」

ねこは　大《おお》きな　ためいきを　一《ひと》つ　つきました。

ねこは　ももを　かかえて　あるきだしました。

こねずみたちが　手《て》を　ふりながら　さけんでいます。

「おじさーん、また　いこうね」

「やくそくだよー」

「きっとだよー」

ねこは　ももを　だいじそうに　かかえたまま、
にゃーご
小《ちい》さな　声《こえ》で　こたえました。

はるねこ

［作《さく》］かんのゆうこ
［絵《え》］おおでゆかこ

きょねんは　おせわに　なりました。
おかげで　ぶじに　春《はる》を　はこぶことが　できました。
これは　おれいの　気《き》もちです。

きらきら　こもれびの　ゆれる
春《はる》の　日《ひ》の　ことです。
あやの　もとに、一通《いっつう》の　手紙《てがみ》と、
わか草色《くさいろ》の　きんちゃくぶくろが

とどきました。
「あ、これは　あのときの……。」
あやは、にっこり　わらいながら、あの日《ひ》の
ふしぎな　できごとを、思《おも》いだしました。
それは、ちょうど　きょねんの　春先《はるさき》のこと。
その年《とし》は、なにもかもが　へんでした。
そろそろ　あたたかな　春《はる》が　やってきても
いいころなのに、野原《のはら》には　花《はな》も　さかず、
ちょうちょも　すがたを　見《み》せません。
「はやく　あったかい　おそとで　あそびたいなあ。」
空《そら》は　どんより　くもり空《ぞら》。そとは　ひんやり

さむそうです。
あやは、きょうも　家《いえ》の　なかで、
おりがみあそびを　していました。
そのとき……。
「こまった、こまった。ああ、こまったことに
なっちゃった。」
庭《にわ》のほうから、なにやら　ぶつぶつ　つぶやく　声《こえ》が
きこえてきました。
ふしぎに　思《おも》った　あやが、そとを　のぞいてみると、
そこには　わか草色《くさいろ》の　ねこが　いて、なにかを
いっしょうけんめい　さがしていたのです。

「こんにちは、　ねこさん。どうしたの？」

「ああ、もう　どうしたら　いいんだろう。あれが　ないと、ことしの　春《はる》は　やって　こない。こまった　こまった、どうしよう。」

それを　きいた　あやは、おどろいて　さけびました。

「ええ！　春《はる》が　やって　こないの!?」

すると、そのねこは　いいました。

「ぼくは、はるねこ。毎年《まいとし》、春《はる》を　はこぶことが、ぼくの　しごとなの。それなのに　ぼくったら、たくさんの

〈はるのたね〉が　つまった　きんちゃくぶくろを、
どこかに　おとしちゃったんだ。
ふくろには、花《はな》を　さかせる『はなさきのたね』、
どうぶつを　とうみんから　おこす『めざめのたね』、
『はるかぜのたね』や、『ひだまりのたね』、だいじな
たねが　たくさん　入《はい》っていたのに……。」
　それを　きいた　あやは　うなずきました。
「だから、ことしの　春《はる》は、なかなか
やってこなかったのね。でも、いったい
どうしたら　いいのかなあ。」
　そのとき、つくえの　うえに　あった　一《いち》まいの

おりがみが、 あやの 足《あし》もとに、 ふわりと
すべりおちてきました。
「そうだ！ この おりがみで、 いっしょに
春《はる》を つくってみない？」
はるねこは、 おどろいて いいました。
「おりがみで 春《はる》を つくるだって!?」
「うん、 そうよ。 さあ、
はるねこさんも てつだって！」
「まずは、 野原《のはら》の お花《はな》を つくろうね。」
赤《あか》 白《しろ》 ピンクの チューリップ
まあるい たんぽぽ きいろい なのはな

むらさき色《いろ》の れんげに すみれ

あやと はるねこは、たのしく うたいながら、
たくさんの 花《はな》を つくりはじめました。
すると どうでしょう……。
ふたりは、いつのまにか、広《ひろ》い 広《ひろ》い
野《の》原《はら》の まんなかに すわっていました。
そこで、あやと はるねこは、
おりがみで つくった いろとりどりの
花《はな》を、さあーっと 野《の》原《はら》に ふりまきました。
すると、おりがみの 花《はな》は、あっというまに
ほんものの 花《はな》に なって、あたりは、

あまい　かおりで　いっぱいに　あふれたのです。
「わあ　すごいや！
こんどは　虫《むし》を　つくろうよ！」
「小鳥《ことり》も　いっぱい　つくろうよ！」
春《はる》を　うたうよ　小鳥《ことり》たち　もんしろちょうに
もんきちょう　てんとうむしの　せなかには
ななつの　ほしも　わすれずに
そうして、できあがった　おりがみを、
ふわりと　風《かぜ》に　のせました。
すると……。
おりがみの　小鳥《ことり》や　虫《むし》は、みるみるうちに

はばたきだして、花《はな》の　まわりを　うれしそうに
とびかいました。
　それから　ふたりは、さくらの　木《き》や　みどりの
はっぱ、りすや　うさぎ、きつねに　やまね、いろんな
いきものを　たくさん　つくっていきました。
　野原《のはら》には、いつのまにか　春《はる》の　ひざしが　こぼれ、
花《はな》も、虫《むし》も、木《き》も、どうぶつも、すべてが
かがやきはじめたのです。
「ああ、ほんとうに　よかった。ことしは　きみの
おかげで、ぶじに　春《はる》が　やってきたよ。」
　はるねこは、あやに　ぺこりと　おじぎを　しました。

「それでね、さいごに　もうひとつだけ、
つくってほしいものが　あるんだけど……。」
はるねこは、もじもじしながら　いいました。
「ぼくは　そろそろ、はるのくにへ　帰《かえ》らないと
いけないの。いつもは、つよい　風《かぜ》に　のって、
はるのくにまで　帰《かえ》るんだ。だから　春《はる》いちばんの　風《かぜ》を、
おりがみで　つくってくれないかなあ。」
「うーん、春《はる》いちばんの　風《かぜ》ねえ……。」
ああ！　それだったら――。」
あやは、ふいに　ぎんいろの　おりがみを　とりだして、
はさみで　こまかく　切《き》りはじめました。

そうして、たくさんの　きりがみを
りょう手《て》　いっぱいに　もって、空《そら》たかく
ふりまくと……。
　ぎん色《いろ》の　かけらは、たちまち　春《はる》いちばんの
風《かぜ》になって、たくさんの　さくらの　花《はな》びらを
まきあげながら、野原《のはら》を　ふきぬけていったのです。
すると、風《かぜ》の　なかから、はるねこの　声《こえ》が、
だんだんと　遠《とお》ざかりながら　ひびいてきました。
「また、来年《らいねん》　やってくるよー。
たくさんの　春《はる》を　つれて、やってくるよー。」
風《かぜ》が　おさまり、あやが　そっと　目《め》を　あけてみると、

そこには　もう、はるねこの　すがたは
ありませんでした。
……そんなことが、一年《いちねん》まえに　あったのです。
「あのときは、とっても　たのしかったなあ。」
あやは、くすくすと　わらいながら、手紙《てがみ》の　つづきを
読《よ》みました。

ふくろの　なかみは『ひだまりのたね』です。
これを　まくと　雨《あめ》の　日《ひ》でも　くもりの　日《ひ》でも　すぐに　お日《ひ》さまが
でてきて　そとで　あそべます。とても　べんりで　いいものです。
どうぞ　つかってください。

はるねこより

きつねのおきゃくさま

［作《さく》］あまんきみこ
［絵《え》］ももろ

むかし　むかし　あったとさ。
はらぺこきつねが　歩《ある》いていると、
やせた　ひよこが　やってきた。
がぶりと　やろうと　思《おも》ったが、
やせているので　考《かんが》えた。
ふとらせてから　食《た》べようと。
そうとも。よく　ある、よく　ある　ことさ。

「やあ　ひよこ」

「やあ　きつねおにいちゃん」

「おにいちゃん？　やめてくれよ」

きつねは　ぶるると　みぶるいした。

でも　ひよこは、目《め》を　まるくして　いった。

「ねえ、おにいちゃん。どこかに

いい　すみか　ないかなあ。こまってるんだ」

きつねは　心《こころ》の　なかで、にやりと　わらった。

「よし　よし、おれの　うちに　きなよ」

すると　ひよこが　いったとさ。

「きつねおにいちゃんって　やさしいねえ」

「やさしい？　やめてくれったら、そんな　せりふ」
でも　きつねは　うまれて　はじめて
「やさしい」なんて　いわれたので、少《すこ》し
ぼうっと　なった。
ひよこを　つれて　帰《かえ》る　とちゅう
「おっとっと　おちつけ　おちつけ」
きりかぶに　つまずいて、ころびそうに　なったとさ。
きつねは　ひよこに、それは　やさしく　食《た》べさせた。
そして、ひよこが　「やさしい　おにいちゃん」と
いうと、ぼうっと　なった。
ひよこは　まるまる　ふとってきたぜ。

ある日《ひ》、ひよこが　さんぽに　いきたいと　いいだした。
――はあん。にげる気《き》かな。
きつねは、そうっと　ついていった。
ひよこが　春《はる》の　歌《うた》なんか
歌《うた》いながら　歩《ある》いていると、
やせた　あひるが　やって　きたとさ。
「やあ、ひよこ。どこかに　いい　すみかは
ないかなあ。こまってるんだ」
「あるわよ。きつねおにいちゃんちよ。
あたしと　いっしょに　いきましょ」
「きつね？　とんでもない。がぶりと　やられるよ」

と、あひるが　いうと、ひよこは　首《くび》を　ふった。
「ううん。きつねおにいちゃんは、
とっても　しんせつなの」
それを　かげで　きいた　きつねは　うっとりした。
そして「しんせつな　きつね」と　いう　ことばを
五回《ごかい》も　つぶやいたとさ。
さあ、そこで　いそいで　うちに　帰《かえ》ると、
まっていた。
きつねは、ひよこと　あひるに、それは
しんせつだった。
そして、ふたりが「しんせつな　おにいちゃん」の

話《はなし》を　しているのを　きくと、ぼうっと　なった。
あひるも　まるまる　ふとってきたぜ。
ある日《ひ》、ひよこと　あひるが　さんぽに　いきたいと
いいだした。
――はあん。にげる気《き》かな。
きつねは　そうっと　ついていった。
ひよこと　あひるが　夏《なつ》の　歌《うた》なんか
歌《うた》いながら　歩《ある》いていると、やせた　うさぎが
やってきたとさ。
「やあ、ひよこと　あひる。どこかに　いい　すみかは
ないかなあ。こまってるんだ」

「あるわよ。きつねおにいちゃんちよ。あたしたちと　いっしょに　いきましょ」
「きつねだって？　とおんでもない。がぶりと　やられるぜ」
「ううん。きつねおにいちゃんは、かみさまみたいなんだよ」
それを　かげで　きいた　きつねは　うっとりして、気《き》ぜつしそうに　なったとさ。
そこで　きつねは　ひよこと　あひると　うさぎを、そうとも、かみさまみたいに　そだてた。
そして　三人《さんにん》が、「かみさまみたいな　おにいちゃん」の

話《はなし》を　していると、ぼうっと　なった。
うさぎも　まるまる　ふとってきたぜ。

ある日《ひ》。くろくも山《やま》の　おおかみが
おりてきたとさ。
「こりゃ　うまそうな
においだねえ。
ふん　ふん、ひよこに
あひるに　うさぎだな」
「いや、まだ　いるぞ。
きつねが　いるぞ」
いうなり　きつねは　とびだした。
きつねの　からだに
ゆうきが　りんりんと　わいた。

おお、たたかったとも、たたかったとも。
じつに　じつに　いさましかったぜ。
そして、おおかみは、とうとう　にげていったとさ。
そのばん。
きつねは、はずかしそうに　わらって　しんだ。
まるまる　ふとった　ひよこと　あひると　うさぎは、
にじの　もりに　小《ちい》さい　おはかを　つくった。
そして、せかいいち　やさしい　しんせつな、
かみさまみたいな　そのうえ　ゆうかんな
きつねのために　なみだを　ながしたとさ。
とっぴんぱらりの　ぷう。

ワニのおじいさんのたからもの

［作《さく》］川崎洋《かわさきひろし》　［絵《え》］Akimi Kawakami《あきみかわかみ》

ヘビも　カエルも　土《つち》の　中《なか》に　もぐりました。
カラスが　さむそうに　ないています。
ある　天気《てんき》の　いい日《ひ》に、ぼうしを　かぶった
オニの子《こ》は、川《かわ》ぎしを　あるいていて、
水《みず》ぎわで　ねむっている　ワニに　であいました。
ワニを　見《み》るのは　生《う》まれて　はじめてなので、
オニの子《こ》は、そばに　しゃがんで、しげしげと

ながめました。
そうとう　としを　とっていて、
はなの　あたまから
しっぽの　さきまで
しわしわ　くちゃくちゃです。
人間《にんげん》で　いえば
百三十《ひゃくさんじっ》さいくらいの　かんじ。
ワニは　ぜんぜん　うごきません。
しんでいるのかもしれない――と、
オニの子《こ》は　思《おも》いました。
「ワニの　おじいさん。」と、よんでみました。

ワニは　目《め》を　つぶり　じっとしたまま。
あ、おじいさんでなくて、
おばあさんなのかもしれない――と、思《おも》いました。
「ワニの　おばあさん。」
やっぱり　ワニは　ぴくりとも　うごきません。
しんだんだ――と、オニの子《こ》は　思《おも》いました。
オニの子《こ》は、そのあたりの　野山《のやま》を　歩《ある》いて、地《じ》めんに
おちている　ホオノキの　大《おお》きな　はっぱを　つんでは、
ワニの　ところに　はこび、からだの　まわりに
つみあげていきました。
朝《あさ》だったのが　昼《ひる》になり、やがて　夕《ゆう》がた近《ちか》くなって、

ワニの　からだは　半分《はんぶん》ほど
ホオノキの　はっぱで
うまりました。すると、
「ああ、いい　気《き》もちだ。」
と、ワニは　つぶやきながら、
目《め》を　あけたのです。
「きみかい、はっぱを
こんなに　たくさん
かけてくれたのは。」
「ぼくは、あなたが
じっとして　うごかないから、

しんでおいでかと　思《おも》ったのです。」
「とおい　ところから、長《なが》い　長《なが》い　たびを
してきたものだから、すっかり　つかれてしまってね、
もう　ここまで　くれば　あんしんだと　思《おも》ったら、
きゅうに　ねむくなってしまってさ。ずいぶん
何時間《なんじかん》も　ねむっていたらしいな。ゆめを
九《ここの》つも　見《み》たんだから。」
そういうと、ワニは、むあーっと　長《なが》い　口《くち》を
いっぱいに　あけて、あくびを　しました。
「あの、ワニの　おじいさん？　それとも
おばあさんですか？」

「わしは、おじいさんだよ。」
「ワニの　おじいさんは、どうして　長《なが》い　長《なが》い
たびを　して、ここまで　おいでになったのですか？」
「わしを　ころして、わしの　たからものを
とろうとする　やつが　いるのでね、
にげてきたって　わけさ。」
オニの子《こ》は、たからものという　ものが
どんなものなのだか　しりません。
たからものという　ことばさえ　しりません。
とんとむかしの　そのまた　むかし、
ももたろうが　オニから　たからものを　そっくり

もっていってしまってからと　いうものは、
オニは　たからものとは　ぜんぜん　えんが
ないのです。
「きみは　たからものと　いうものを　しらないのかい？」
ワニの　おじいさんは、おどろいて　すっとんきょうな
声《こえ》を　だしました。
そして、しばらく　まじまじと　オニの子《こ》の　顔《かお》を
見《み》ていましたが、やがて、その　しわしわ
くちゃくちゃの　顔《かお》で、にこっとしました。
「きみに、わしの　たからものを　あげよう。
うん、そうしよう。これで　わしも　心《こころ》おきなく

あの世《よ》へ　いける。」
　ワニの　おじいさんの　せなかの　しわが、
じつは　たからものの　かくしばしょを　しるした
地図《ちず》に　なっていたのです。
　ワニの　おじいさんに　いわれて、オニの子《こ》は
おじいさんの　せなかの　しわ地図《ちず》を、しわの　ない
かみに　かきうつしました。
「では、いっておいで。わしは、この　はっぱの
ふとんで　もう　ひとねむり　する。たからものって
どういうものか、きみの　目《め》で　たしかめるといい。」
　そういって、ワニの　おじいさんは　目《め》を

つぶりました。

オニの子《こ》は、地図《ちず》を 見《み》ながら とうげを こえ、けもの道《みち》を よこぎり、つりばしを わたり、谷川《たにがわ》にそって のぼり、岩《いわ》あなを くぐりぬけ、森《もり》の 中《なか》で なんども 道《みち》に まよいそうに なりながら、やっと 地図《ちず》の ×じるしの ばしょへ たどりつきました。

そこは、きりたつような がけの 上《うえ》の いわばでした。

そこに 立《た》ったとき、オニの子《こ》は 目《め》を まるくしました。

口《くち》で いえないほど うつくしい 夕《ゆう》やけが、

いっぱいに　広《ひろ》がっていたのです。

思《おも》わず　オニの子《こ》は、ぼうしを　とりました。

これが　たからものなのだ――と、オニの子《こ》は　うなずきました。

ここは、せかい中《じゅう》で　いちばん　すてきな　夕《ゆう》やけが　見《み》られる　ばしょなんだ――と、思《おも》いました。

その　立《た》っている　足《あし》もとに、たからものを　入《い》れた　はこが　うまっているのを、オニの子《こ》は　しりません。

オニの子《こ》は、いつまでも　夕《ゆう》やけを　見《み》ていました。

さかなには なぜしたがない

［作《さく》］神沢利子《かんざわとしこ》　［絵《え》］井上洋介《いのうえようすけ》

ぶなの木《き》の　下《した》で、昼《ひる》ねを　していた　くまの子《こ》の
ウーフは、目《め》を　さまして、木《き》を　見あげました。
ぶなの木《き》は、みどりの　はを　つけて、さも
気《き》もちよさそうに　風《かぜ》に　ふかれていました。
「木《き》は　いいなあ。木《き》に　なりたいなあ。」
と、ウーフは　思《おも》いました。
「こんな　もしゃもしゃの　けがわの　かわりに、

みどりの　はっぱを　つけて、すずしそうに
たってるんだ。そしてさ、じっと　たっていたら、
みつばちが　きて、すを　つくるかもしれないね。
そしたら、ぼく、木《き》のぼりしなくても　はちみつが
なめられるよ。だって、ぼくが　木《き》なんだもの。」
ウーフは　はちみつのことを　考《かんが》えて、
ごくんと　つばを　のみこみました。
それから、
「でも……」
と、くびを　ふりました。
「木《き》は、はちみつを　なめないのかな。

そんなら　ぼくは、みつばちに
なろう。そしたら、すごいぞ。
ぼくの　うちには　いつだって、
はちみつが　いっぱい　あるんだ。」
ウーフは、たまらなくなりました。
けれど、いったい、
どうやったら、みつばちに
なれるのでしょう。
ウーフは、りょう手《て》を　広《ひろ》げました。
みつばちは　いつだって、
こんなふうにして、

ぶーんと　とんでくるのです。
　ぶーん　ぶうーん
　ウーフが　うなっていたら、ほんとに、ぶーんと
小《ちい》さな　うなりごえが　して、金色《きんいろ》の　みつばちが
やってきました。目《め》の　まえの　つりがねそうの
花《はな》に　とまって、はねを　ふるわせています。
「あ、みつばち。ぼくね、きみみたいな　はちに
なりたいの。どうやって　とぶか、教《おし》えてよ。」
　ウーフは、りょう手《て》を　広《ひろ》げて　いいました。
「見《み》てて！　いま、とんでみるからね。」
　ウーフは、ぶーんと　うなって、とびあがり、

すぐに、ずてんと　ころびました。
そのとたんに、みつばちは、
つりがねそうの　花《はな》から、まいあがりました。
ぶーんと　うなって、
あいさつも　しないで　とんでいきました。
「おーい、まってよ、みつばちー。」
ウーフは　おいかけました。
みつばちは　野原《のはら》を　こえて、
小川《おがわ》を　こえて、いってしまいました。
じゃぷじゃぷじゃぷ。
ウーフは　川《かわ》の　中《なか》まで　おいかけてから、

こぶしを　ふりあげました。

「うー、みつばちの　やつ！」

そのとき、ウーフの　二本《にほん》の　足《あし》の　あいだを、
めだかの　むれが、つーつーつー　およいでいきました。

「や、さかなだ。」

ウーフは、めだかを　見《み》て　いいました。

「さかなは　いいなあ。」

ウーフは、ためいきを　つきました。

「さかなは　すずしい　水《みず》の　中《なか》で、一日《いちにち》じゅう、
水《みず》あび　してれば　いいんだもの。のども
かわかないし、どろんこに　なって、おふろで

ごしごし、あらわれたりしなくても　いいよ。やあ、気《き》もちよさそうに　およいでる。」

めだかたちは、大《おお》きいのも　小《ちい》さいのも　いっしょに、なかよく　れつを　つくって、およいでいきます。

「おい、きみたち、どうして　そんなに　うまく、およげるの。」

ウーフは、たずねました。

そのとたんに、足《あし》が　つるりと　すべって、ころんでしまいました。

「あっぷっぷ。たすけてえー。」

水《みず》を　ぱしゃぱしゃ　させて、

やっと　おきあがったときです。
「おう、くまこう、
なにしに　きたんだ。」
川《かわ》の　中《なか》から　ふなが、
かおを　つきだしました。
「おまえ、わしらを
つかまえに　きたな。」
「ちがうよ、ちがうよ。」
ウーフは、びっくりして
いいました。
「ぼく、さかなに　なりたいの。

ねえ、さかなは　手《て》も　足《あし》も　ないのに、どうして
およげるの。」
するとふなは　目玉《めだま》を　ぎょろっと　させて、
いばりました。
「わしらは、うまれたときから　およげるんだ。
おまえも、さかなに　なりたけりゃ、
その　けむくじゃらな　手《て》と　足《あし》を　すてちゃいな。」
「えっ？」
「そいつは、ろくなことを　しない。
たたいたり、すくったり、口《くち》へ　もっていったりな。」
ふなは、小《ちい》さな　からだの　どこから　でるかと

思《おも》うような　大《おお》ごえで、どなりました。

「おう。あんまり　近《ちか》づくなよ、くまこう。」

「うー。ぼくは　ただ、どうしたら　さかなに　なれるか、きいてるんだ。」

「ほ？　おまえ、ほんきかい。そんなら　教《おし》えてやっても　いいがな。さかなに　なるには、つらい　しゅぎょうが　いるんだぞ。」

「その　つらい　しゅぎょうって、なに。」

「つまりだな、その、冬《ふゆ》に　なって、川《かわ》に　こおりが　ぎちぎち　はってきても、おまえさんみたいな　けがわに　くるまっちゃおれんのだ。はだかで　川《かわ》の

そこに　すわっていられるかな。」

「けがわを　ぬいで？　こおりが　はっても？」

ウーフは、さけびました。

「そうともさ。まだ　あるぞ。いいか。昼《ひる》でも　夜《よる》でも、
おきていても　ねていても、その　ふたつの　目《め》だまは、
ぱっちり　あけていなくちゃならん。

まばたき　ひとつ、してはならんのだ。」

「ねてても、目《め》を　あけてるんだって？」

ウーフは、目《め》を　まるく　しました。

「ストップ！」

と、ふなが　いいました。

「いいと　いうまで、まばたき　するなよ。わしが
テストしてやるからな。一《いち》、二《に》、三《さん》、四《し》、五《ご》、六《ろく》……」
さあ、こまった。
ウーフは　目《め》を　まるくしたまま、うごけません。
目《め》を　あけて、いきを　とめて　つったちました。
「四十五《よんじゅうご》、四十六《よんじゅうろく》、四十七《よんじゅうしち》……五十《ごじゅう》……六十《ろくじゅう》……」
ああ、くるしい。
目《め》が　ひりひりします。
「百《ひゃく》！」
と、ふなが　どなったとき、ウーフは、もう、
たまらなくなって、つづけざまに　ぱちぱちと

まばたきを　しました。

なみだが　ぽろぽろ　こぼれました。

「はっはっはっ。らくだいだ。おまえは　さかなにゃなれんぞ。」

ふなは、気《き》もちよさそうに　わらいました。

「どうだ、くまこう。からだは　小《ちい》さくとも、さかなさまは　えらいだろう。わかったら、これから　わしらを　つかまえるなよ。」

ふなは　口《くち》を　ぱくぱく　あけて、いいました。

「それでも、さかなに　なりたけりゃ、おまえのしたを　ひっこぬいてからだ。」

「したを？」
ふなの　口《くち》の　中《なか》を
のぞきこんだ　ウーフは、
わっと　とびあがりました。
ふなの　口《くち》の　中《なか》は、
まるで　からっぽ。
どこにも、したが
なかったのです。
ウーフは　あんまり
びっくりした　ものだから、
川《かわ》から　とびあがりました。

びしょぬれのまま、かけて　かけて、
おうちへ　にげかえりました。
「おかあさん。」
ウーフは　おかあさんの　首《くび》に　だきついて、
ふるえごえで　いいました。
「川《かわ》に　へんな　やつが　いたよ。その　さかな、口《くち》の
中《なか》が　からっぽなんだ。したを　ぬいちゃったんだ！
それからね、ねむるときも、目《め》を　あけてるんだって。」
ウーフの　話《はなし》を　きいた　おかあさんは、
ウーフを　だっこして　わらいました。
「ウーフちゃん、さかなには、はじめから　まぶたが

ないの。まぶたって、目《め》を　あけたり　しめたりする
ドアのことよ。」
それから、おかあさんは　テーブルの　上《うえ》の
はちみつの　つぼを　見《み》て、いいました。
「さかなは、はちみつを　なめなくても　いいから、
したは　いらないの。はじめから、したは　ないんですよ。」
「なんだ、そうかあ。」
ウーフは、すっかり　あんしんして　さけびました。
「うーふー、うれしいな。
ぼくは　したが　あるから、はちみつが　なめられる。
手《て》が　あるから、おかあさんに　だっこも　できるよ。

ああ、ぼく、よかったなあ。
くまの子《こ》で　よかったなあ。」

ないた赤《あか》おに

［作《さく》］浜田《はまだ》廣介《ひろすけ》　［絵《え》］山川《やまかわ》はるか

どこの　山《やま》か、わかりません。
その山《やま》の　がけのところに、家《いえ》が　一《いっ》けん
たっていました。
きこりが、すんでいたのでしょうか。
いいえ、そうでは　ありません。
そんなら、くまが、そこに　すまっていたのでしょうか。
いいえ、そうでも　ありません。

そこには、わかい　赤《あか》おにが、たった　ひとりで
すまっていました。
その赤《あか》おには、絵本《えほん》に　えがいてあるような
おにとは、かたち、顔《かお》つきが、
たいへんに　ちがっていました。
けれども、やっぱり、目《め》は
大《おお》きくて、きょろきょろしていて、
あたまには、どうやら　つのの
あとらしい、とがったものが、
ついていました。
それでは、やっぱり、ゆだんの　できない、

あやしい　やつだと、だれでも　思《おも》うことでしょう。
ところが、そうでは　ありません。
むしろ、やさしい、すなおな　おにでありました。
わかものの　おにでしたから、うでには
力《ちから》が　ありました。
けれども、なかまの　おにどもを　いじめたことは
ありません。
おにの　子《こ》どもが、いたずらをして、目《め》の　前《まえ》に、
小石《こいし》を　ぽんと　なげつけようとも、赤《あか》おには、
にっこり　わらって　見《み》ていました。
ほんとうに、その赤《あか》おには、ほかの　おにとは、

ちがう　気《き》もちを　もっていました。
「わたしは、おにに　生《う》まれてきたが、
おにどものために　なるなら、できるだけ、
よいことばかりを　してみたい。
いや、そのうえに、できることなら、人間《にんげん》たちの
なかまに　なって、なかよく、くらしていきたいな。」
赤《あか》おには、いつも、そう　思《おも》っていました。
そして、それを、じぶん　ひとりの　心《こころ》の中《なか》に、
そっと、そのまま、しまっておけなく　なりました。
そこで、ある日《ひ》、赤《あか》おには、じぶんの　家《いえ》の　戸口《とぐち》の
前《まえ》に、木《き》の　立《た》てふだを　立《た》てました。

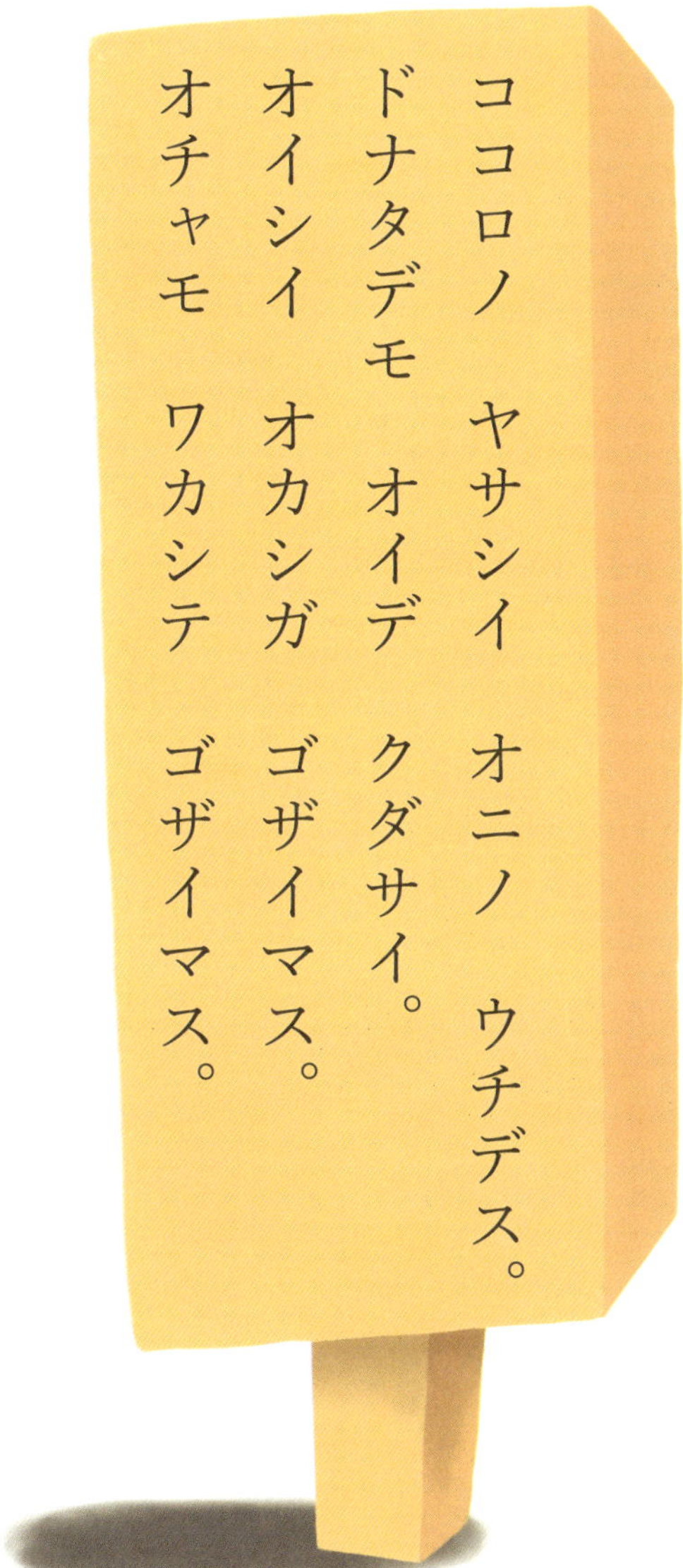
ココロノ　ヤサシイ　オニノ　ウチデス。
ドナタデモ　オイデ　クダサイ。
オイシイ　オカシガ　ゴザイマス。
オチャモ　ワカシテ　ゴザイマス。

そう、立《た》てふだに　書《か》かれました。
やさしい　かなの　文字《もじ》を　つかって、
赤《あか》おには、ことば　みじかく　書《か》きしるしたので
ありました。
つぎの　日《ひ》、がけの　家《いえ》の　前《まえ》を　とおりがかって、

ひとりの　きこりが、立《た》てふだに　目《め》を　とめました。
「こんなところに、立《た》てふだが……。」
見《み》れば、だれにも　読《よ》まれる　かなで
書《か》かれていました。
きこりは、さっそく　読《よ》んでみて、
たいそう　ふしぎに　思《おも》いました。
わけは、よく　わかりましたが、どうも、がてんが
いきません。
なんども　首《くび》を　まげてみてから、
きこりは、山《やま》の　ほそ道《みち》を　いそいで　おりていきました。
ふもとに　村《むら》が　ありました。

なかまの　きこりに　であいました。

「おかしなものを　見《み》てきたよ。」

「なんだい。きつねの　よめいりか。」

「ちがう、ちがう。もっと　めずらしいもの、古《ふる》くさくない、あたらしいもの。」

「へえ、なんだろう。」

「おにが、立《た》てふだ　立《た》てたのさ。」

「なんだと。おにの　立《た》てふだと。」

「そうだよ。おにの　立《た》てふだなんて、いままで、きいたこともない。」

「なんと、書《か》いてあるんだい。」

「いってごらんよ。見《み》ないことには　話《はなし》に　ならん。」
さきの　きこりと、あとの　きこりと、
いっしょに　なって、もういちど、山《やま》の　小道《こみち》を
めぐりのぼって、がけぎわの　家《いえ》の　前《まえ》まで
やってきました。
「ほら、ごらん、このとおりだよ。」
「なるほど。なるほど。」
あとの　きこりは、目《め》を　近《ちか》づけて　読《よ》んでみました。

ココロノ　ヤサシイ　オニノ　ウチデス。
ドナタデモ　オイデ　クダサイ。

オイシイ　オカシガ　ゴザイマス。
オチャモ　ワカシテ　ゴザイマス。
「へえ、どうも、ふしぎなことだな。
たしかに、これは、おにの　字《じ》だが。」
「むろん、そうとも、ふでに
力《ちから》が　入《はい》っているよ。」
「まじめな　気《き》もちで
書《か》いたらしい。」
「そうなれば、この　もんくにも、
うそ、いつわりが　ないことに　なる。」
「入《はい》ってみようか。」

「いや、まて。そっと、のぞいてみよう。」

家《いえ》の　中《なか》から、おには、だまって　ふたりの　話《はなし》を

きいていました。

ちょっと、入《はい》れば、ぞうさなく　入《はい》れる　戸口《とぐち》を、

入《はい》ろうとも　せず、ひまどっているのを　見《み》ると、

はがゆくて、おには、ひとりで、いらいらしました。

ふたりは、こっそり　首《くび》を　のばして、戸口《とぐち》の　中《なか》を

のぞいたらしく　思《おも》われました。

「なんだか、ひっそりしているよ。」

「きみが　わるいな。」

「さては、だまして、とって食《く》うつもりじゃないかな。」

「なぁるほど、あぶない、あぶない。」
ふたりの　きこりは、しりごみを
はじめたらしく　見《み》えました。
赤《あか》おには　耳《みみ》を　すましていましたが、こう
いわれると、くやしく　なって、むっとしながら
いいました。
「とんでもないぞ。だれが、だまして　食《く》うものか。
ばかに　するない。」
正直《しょうじき》な、おには、さっそく、まどの　そばから
ひょっこりと、まっかな　顔《かお》を　つきだしました。
「おい、きこりさん。」

声高《こえたか》く、よびかけました。
そのよび声《ごえ》は、人間《にんげん》たちには、
ぐっと　大《おお》きく　きこえました。
「わっ、たいへんだ。」
「でた、でた、おにが。」
「にげろ、にげろ。」
ふたりの　きこりは、
おにが、ちっとも
おいかけようとは　しないのに、
いっしょに　なって　にげだしました。
「おうい、ちょっと　まちなさい。

だましはしないよ。とまりなさい。
ほんとうなんだよ。おいしい、おかし、かおりの
いい、お茶《ちゃ》。」
赤《あか》おには　までを　はなれて、外《そと》に　でて
よびとめようと　しましたが、おじけが　ついたか、
ふたりの　きこりは、かけだして、
ふりむくことも　しませんでした。
つまずいて　よろめきながら　走《はし》りつづけて、
とっとっと　山《やま》を　くだっていきました。
おには、たいそう　がっかりしました。
気《き》が　つくと、おには、はだしで　とびだして、

あつい　地面《じめん》に　立《た》っているのでありました。
おには、じぶんの　立《た》てふだに、うらめしそうに
目《め》を　むけました。
板《いた》きれを　じぶんで　けずって、じぶんで　きって、
くぎづけを　して、じぶんで　書《か》いて、にこにこ　しながら
じぶんで　立《た》てた　立《た》てふだなのでありました。
それでしたのに、なんの　ききめも　ありません。
「こんなもの、立《た》てておいても、いみが　ない。まい日《にち》、
おかしを　こしらえて、まい日《にち》、お茶《ちゃ》を　わかしていても、
だれも　あそびに　きは　しない。ばかばかしいな。
いまいましいな。」

気《き》もちの　やさしい、まじめな　おにでも、
気《き》みじかものでありました。
「ええ、こんなもの、こわしてしまえ。」
うでを　のばして、立《た》てふだを　ひきぬいたかと
思《おも》うまに、地面《じめん》に　ばさりと　なげすてて、
力《ちから》まかせに　ふみつけました。
板《いた》は、ばりっと　われました。
おには、むしゃくしゃしていました。
まるで、はしでも
おるように、立《た》てふだの
あしも　ぽきんと、

へしおりました。
すると、そのとき、ひょっこりと、ひとりの
おきゃくが　戸口《とぐち》の　前《まえ》に　やってきました。
おきゃくと　いっても　人間《にんげん》の
おきゃくさまではありません。
なかまの　おにでありました。
なかまの　おにでも、赤《あか》おにではありません。
青《あお》いとなると、つめの　さき、足《あし》の　うらまで
青《あお》いという　青《あお》おになのでありました。
その青《あお》おには、その日《ひ》の　朝《あさ》に、とおい　とおい
山《やま》おくの　岩《いわ》の　家《いえ》から　ぬけだして、とちゅうの

山《やま》まで、雨雲《あまぐも》に　のってきたのでありました。

「どうしたんだい。ばかに　手《て》あらいことを　して、きみらしくもないじゃないか。」

青《あお》おには、えんりょしないで、ちかよりながらいいました。

赤《あか》おには、ちょっと、きまりわるそうな、はずかしそうな　顔《かお》を　しました。

けれども、すぐに　きげんを　なおして、青《あお》おにに、どうして　じぶんが　そんなに　はらを　立《た》てているのか、わけは、これこれ、しかじかと　話《はなし》を　しました。

「そんなことかい。たまに　あそびにきてみると、

そんな　くろうで、きみは、くよくよして　いるよ。
そんなことなら、わけなく、らちが、あくんだよ。
ねえ、きみ、こうすりゃ、かんたんさ。
ぼくが、これから、ふもとの　村《むら》に　おりて　いく。
そこで、うんとこ、あばれよう。」
「じょ、じょうだん　いうな。」
と、赤《あか》おには、少《すこ》し　あわてて　いいました。
「まあ、きけよ。うんと、あばれて　いる　さいちゅうに、
ひょっこり、きみが、やって　くる。ぼくを　おさえて、
ぼくの　あたまを　ぽかぽか　なぐる。そうすれば、
人間《にんげん》たちは、はじめて、きみを　ほめたてる。

ねえ、きっと、そうなるだろう。そうなれば、しめたものだよ。安心《あんしん》を　して、あそびにやってくるんだよ。」

「ふうん。うまい　やりかただ。しかし、それでは、きみに　たいして、すまないよ。」

「なぁに、ちっとも。水《みず》くさいことを　いうなよ。なにか、ひとつの、めぼしいことを　やりとげるには、きっと、どこかで、いたい　思《おも》いか、そんをしなくちゃならないさ。

だれかが、ぎせいに、身《み》がわりに、なるのでなくちゃ、できないさ。」

なんとなく、ものかなしげな　目《め》つきを　見《み》せて、
青《あお》おには、でも、あっさりと、いいました。
「ねえ、そうしよう。」
赤《あか》おには、考《かんが》えこんでしまいました。
「また、しあんかい。だめだよ、それじゃ。さあ、いこう。さっさと、やろう。」
青《あお》おには、立《た》とうと　しない　赤《あか》おにの　手《て》を
ひっぱって、せきたてました。
おにと、おにとは、つれだって　山《やま》を
くだっていきました。
ふもとに　村《むら》が　ありました。

村《むら》の　はずれに　小《ちい》さな　家《いえ》が　ありました。
ひくい　竹《たけ》の　かきねが　あって、そのわきに、
さるすべりの　木《き》が、えだえだに、赤《あか》い　花《はな》を
さかせていました。
日《ひ》に　てらされて、花《はな》は、ふくれて　見《み》えました。
「いいかい、それじゃ、あとから、まもなく、くるんだよ。」
青《あお》おには、ささやくように　いうがはやいか、
かけだして、小《ちい》さな　家《いえ》の　戸《と》口《ぐち》の　前《まえ》に　やってきました。
そして、きゅうに、戸《と》を　つよく　けりつけながら
どなりました。
「おにだ、おにだ。」

家《いえ》の　中《なか》では、おじいさんと、おばあさんとが、お昼《ひる》の　ごはんを　食《た》べていました。

あけっぱなしの　戸口《とぐち》の　前《まえ》に、昼《ひる》ひなか、おにの　すがたが、ひょっこりと　立《た》ったのを　見《み》て、きもを　つぶして、とびたって、

「おにだ、おにだ。」

と、さけびつづけて、ふたり　いっしょに、うら口《ぐち》からにげだしました。

にげていく　おじいさん、おばあさんには、ちっとも用《よう》が　ありません。青《あお》おには、中《なか》に　入《はい》ると、さっそくに、さら、はち、茶《ちゃ》わん、茶《ちゃ》がまなど、

手《て》あたりしだい、手《て》にとって　なげつけました。
ごはん入《い》れも　なげつけました。
ごはんつぶが、そこらに
とんで、しょうじの
さんや、はしらの
かどに　くっつきました。
　みそしるの　なべは
ころげて、しるは、ろぶち*を
たらたらと　したたりました。
がらがら、がちゃん、がちゃりん、
ちゃりん、どたん、ばたんと、

*いろりのこと。

青《あお》おには、とんだり、はねたり、
さかだちしたりしていました。
「まだ、こないかな。」
そう、そっと　思《おも》うところに、相手《あいて》の　わかい
赤《あか》おにが、息《いき》を　きらして　かけてきました。
「どこだ、どこだ。らんぼうものめ。」
赤《あか》おには、こぶしを　にぎって、大《おお》きな　声《こえ》で
そういって、青《あお》おにが　いるのを　見《み》ると、かけよって、
「やっ、このやろう。」
と、どなると　いっしょに、つかみかかって、
首《くび》のところを　ぐいぐいと　しめつけました。

こつんと　ひとつ、かたい　あたまを　うちました。

青《あお》おには　首《くび》を　ちぢめて、小《ちい》さな　声《こえ》で　いいました。

「ぽかぽか、つづけて　なぐるのさ。」

赤《あか》おには、そこで、ぽかぽか　うちました。

どうなることかと、ものの　かげから、
おっかなびっくり、のぞき見《み》を　して、はらはらしている
村人《むらびと》たちには、たしかに　つよく、赤《あか》おにが、
らんぼうおにを　なぐったように　見《み》えました。

それでしたのに、青《あお》おには、小《ちい》さな　声《こえ》で　いいました。

「だめだい。しっかり　ぶつんだよ。」

「もういい。早《はや》く　にげたまえ。」

そう、赤《あか》おにが、小《ちい》さな　声《こえ》で　いいました。

「そんなら、そろそろ　にげようか。」

赤《あか》おにの　またを　くぐって　青《あお》おには、にげだしました。

あわてたような　ふりを　して、戸口《とぐち》を　でようとするときに、青《あお》おには、わざと、ひたいを　柱《はしら》のかどに　うちあてる　まねを　しました。

ところが、つよく　うちすぎて、思《おも》わず　声《こえ》をたてました。

「いた、たったっ。」

赤《あか》おには、びっくりしました。

「青《あお》くん、まて　まて。見《み》てあげる。いたくはないか。」
赤《あか》おには、しんぱいしながら　おいかけました。
青《あお》おには、思《おも》いがけなく、青《あお》い　ひたいに
青《あお》い　大《おお》きな　こぶを　つくって、
こぶを　なでなで　にげました。
人《ひと》たちは、うしろから、
あっけにとられて、
おにどもふたりが
走《はし》っていくのを　見《み》ていました。
おにどもの　すがたが、
むこうに　きえてしまうと、

村人《むらびと》たちは、はじめて、てんでに　話《はなし》を　かわして
いいました。

「これは、どうしたことだろう。」

「おには、みんな、らんぼうものだと　思《おも》っていたのに。」

「あの赤《あか》おにには、まるきり、ちがう。」

「まったく、まったく。してみると、あの　おにだけは、
やっぱり、やさしい　おになんだ。」

「なぁんだい。そんなら　早《はや》く、お茶《ちゃ》のみに
でかけていけば　よかったぞ。」

「そうだ。いこうよ。これからだって、おそくはないさ。」

そんなふうに、人《ひと》たちは、たがいに　かたりあいました。

村人《むらびと》たちは、安心《あんしん》しました。
その日《ひ》のうちに　山《やま》に　でかけていきました。
赤《あか》おにの　家《いえ》の　戸口《とぐち》に　立《た》ちながら、戸《と》を
とんとんと　かるく　たたいて、いいました。
「赤《あか》さん、赤《あか》さん、こんにちは。」
人間《にんげん》の　ことばを　きくと、赤《あか》おには、いっそくとびに
とんでて、にこにこ顔《がお》で　でむかえました。
「ようこそ、ようこそ。さあ、どうぞ。」
おには、いそいで、おうせつまに　あんないしました。
木《き》の　かべ、木《き》の　ゆか、てんじょうも、木《き》の
かわばりで　できている　しっそな　へやで　ありました。

まるい　食《しょく》たく、あしの　みじかい、ひくい　いす、
みんな　木《き》で　できていました。
そして、それらは、どれも　みな、その赤《あか》おにが
作《つく》ったものでありました。
かべには、ちゃんと、あぶら絵《え》が、かかっていました。
その　がくぶちは、しらかばの　きれいな　かわで
できていました。
それも　やっぱり、赤《あか》おにが　作《つく》ったものでありました。
しかも、あぶら絵《え》　そのものが、赤《あか》おにの　苦心《くしん》の
作《さく》でありました。その絵《え》というのは、おにと、ひとりの
人間《にんげん》の　子《こ》が、かかれていました。

人間《にんげん》の　かわいい　子《こ》どもを、　赤《あか》おにが、　首《くび》のところに
またがらせ、しょうめんむきに
なっているのでありました。
たぶん、その絵《え》の　赤《あか》おには、　じぶんの　顔《かお》を
えがいたのかもしれません。
六月《ろくがつ》ごろの　みどりの　庭《にわ》を　はいけいにして、
うれしそうな　赤《あか》おにと
子《こ》どもの　顔《かお》とが、
いきいきと
えがきだされて
見《み》えました。

人《ひと》たちは、へやを　ぐるっと　ながめまわして、
手《て》せいの　いすに、どっかと、こしを　かけました。
かけると、なんとも、ぐあいが　よくて、
だれの　からだも、らくらくとするだけでは　なく、
心《こころ》もちまで　ゆったりと、おちつくことが　できました。
どうして、こんなに　手《て》ぎわが　よいのでありましょう。
おにに、たずねてみましょうか。
いや、まて、ごらん。
赤《あか》おにには、じぶんで、お茶《ちゃ》を　だしてきました。
おかしも、じぶんで　はこんできました。
なんと、おいしい　お茶《ちゃ》でしょう。

なんと、おいしい　おかしでしょう。
これまで、ずっと、こんなに、おいしい　お茶《ちゃ》を
のみ、こんなに、おいしい　おかしを　食《た》べたと
いうものが、ただの　ひとりも　いませんでした。
村《むら》に　かえって　人《ひと》たちは、おにの　おいしい
ごちそうを　口《くち》ぐちに　ほめたてました。
おにの　すまいが、さっぱりしていて、
いやみが　なくて、いごこちが、まったく　よいと
いうことを、だれも　かれも、ほめたてました。
「そんなら、おれも　でかけよう。」
「きみは、きのう、いったじゃないか。」

「まい日《にち》、いっても　いいんだよ。」

こんなぐあいで、村《むら》から　山《やま》へ、人《ひと》たちは、三人《さんにん》、五人《ごにん》と　つれだって、まい日《にち》　でかけていきました。

こうして、おにには　人間《にんげん》の　友《とも》だちなかまができました。

まえとは　かわって、赤《あか》おには、いまは　少《すこ》しもさびしいことは　ありません。

けれども、日《ひ》かずが　たつうちに、心《こころ》がかりになるものが、ひとつ、ぽつんと、とりのこされていることに、赤《あか》おには　気《き》が　つきました。

それは、ほかでも　ありません。

青《あお》おにのこと――したしい　なかまの　青《あお》おにが、
あの日《ひ》、わかれていってから、ただの　いちども、
たずねてこなく　なりました。
「どうしたのだろう。ぐあいが、わるくているのかな。
わざと、じぶんで、はしらに　ひたいを
ぶつけたりして、角《つの》でも　いためているのかな。
そんなら、見《み》まいに　いかなくちゃ。」
赤《あか》おには、したくを　しました。

キョウハ　イチニチ　ルスニ　ナリマス。
アシタハ　イマス。
　ムラノ　ミナサマ　　アカオニ

半紙《はんし》に　書《か》いて、戸口《とぐち》のところに　はりだして、
おには　夜《よ》あけに　家《いえ》を　でました。
山《やま》を　いくつか、谷《たに》を　いくつか、こえて　わたって、
青《あお》おにの　すみかに　きました。
夏《なつ》も　くれていくというのに、おく山《やま》の　庭《にわ》の
やぶには、まだ、やまゆりが、まっ白《しろ》な　花《はな》を
さかせて、ぷんぷんと、におっていました。

まつの　木《き》の　ふとい　えだから、ぱらぱらと
つゆが　こぼれて、ささの　葉《は》を　ぬらしていました。
まだ、日《ひ》は、さしていませんでした。
高《たか》い　岩《いわ》の　だんだんを　いそいで　のぼって、
赤《あか》おには　戸口《とぐち》の　前《まえ》に　立《た》ちました。
戸《と》が、かたく、しまっていました。
「まだ、ねているかな。それとも、るすかな。」
ふと、気《き》がつくと、戸《と》の　わきに、はり紙《がみ》が
してありました。そして、それに、なにか、
字《じ》が　書《か》かれていました。

アカオニクン、ニンゲンタチトハ　ドコマデモ
ナカヨク　マジメニ　ツキアッテ、
タノシク　クラシテ　イッテ　クダサイ。
ボクハ、シバラク　キミニハ　オメニ　カカリマセン。
コノママ　キミト　ツキアイヲ　ツヅケテ　イケバ、
ニンゲンハ、キミヲ　ウタガウ　コトニ　ナルカモ
シレマセン。ウスキミワルク　オモワナイデモ
アリマセン。ソレデハ　マコトニ　ツマラナイ。
ソウ　カンガエテ、ボクハ　コレカラ　タビニ
デル　コトニ　シマシタ。ナガイ　ナガイ　タビニ
ナルカモ　シレマセン。

ケレドモ、ボクハ　イツデモ　キミヲ　ワスレマスマイ。
ドコカデ　マタモ　アウ　日《ひ》ガ　アルカモ　シレマセン。
サヨウナラ、キミ、カラダヲ　ダイジニシテ　クダサイ。
ドコマデモ　キミノ　トモダチ

アオオニ

赤《あか》おには、だまって、それを　読《よ》みました。
二《に》ども　三《さん》ども　読《よ》みました。
戸《と》に　手《て》を　かけて　顔《かお》を　おしつけ、
しくしくと、なみだを　ながして
なきました。

かたあしだちょうのエルフ

［作《さく》］小野木学《おのきがく》　［絵《え》］小野木学《おのきがく》

はげしかった　雨《あめ》の　きせつが　すぎると、草原《くさはら》の
鳥《とり》や、けものたちは　いっせいに　元気《げんき》を
とりもどしはじめました。
くさや　木《き》の　めが　ぐんぐん　のびていきます。
のはら　いちめん　赤《あか》や　きいろの　花《はな》が　さきます。
みが　なります。
たねが　おちます。

どうぶつたちの　ごちそうは
そこらじゅうに　あふれています。
おひさまが　しずむまで、
かもしかも　しまうまも、
だちょうも　そして
とかげたちまで、みんな　楽《たの》しくて
たまらないのです。
エルフも　なかまと　いっしょに
ここで　くらしていました。
エルフは、わかくて　つよくて
すばらしく　大《おお》きな　おすの

だちょうです。なにしろ、ひといきで　千《せん》メートルも走《はし》ったことが　あったくらいです。

それで　みんなは、エルフ、エルフと　よぶように　なったのだそうです。

エルフとは　アフリカの　ことばで、千《せん》の　ことなのです。

エルフは　とても　子《こ》どもが　すきでした。

子《こ》どもたちは　エルフの　せなかに　のせてもらって、ひろい　草原《くさはら》を　ゆっさゆっさ　ゆられながら、ドライブするのが　だいすきでした。

それに　とちゅうで、ながい　首《くび》を　のばしては、木《き》の　みや　たねの　おべんとうを　くばってくれるのです。

だから、エルフは　いつも　みんなの　人気《にんき》ものでした。

「エルフが　いてくれるから　ほんとに　あんしんね。」

おかあさんたちは、楽《たの》しそうな　子《こ》どもたちの　ようすを　ときどき　ながめては　じぶんたちの

しごとを　していました。
ところが　ある日《ひ》の　こと。
むこうの　おかの　かげに、なにか
あやしいものが　うごきました。
みんな　いっせいに　おしゃべりを　やめると、
はなを　ひくひく　うごかしたり、
耳《みみ》を　そばだてたり　しはじめました。
「ジャッカルだ。ジャッカルが　おそってきたぞ。」
エルフは　すぐに　気《き》がつきました。
そして、とくいの　ライオンの　なき声《ごえ》を
まねしました。

「オオオーン。」
「やっ、これは　まずいや　ライオンの　やつが
いるとは　気《き》がつかなかったぜ。」
ジャッカルは　しっぽを　まいて　岩《いわ》の　かげから
とびおりると、すたこら　森《もり》の　なかへ
にげていってしまいました。
「はっはっは……。」
草原《くさはら》に　ひとしきり、みんなの　大《おお》わらいの　声《こえ》が
ひびいて　いました。
さるが　ぶらんこあそびの　つづきを　はじめ、
しまうまたちが　フォークダンスを　やりはじめたとき、

また　へんな　ものおとが　きこえました。
「また　きたな、ジャッカルの　やつ。」
エルフは　こんどは　もっと　のどを　ふくらませて、
「オオオオーン　オーン。」
と　ほえかけると、いきなり　すぐ　近《ちか》くに
あらわれたのは　たてがみを　ふりみだした
ほんとうの　ライオンでした。
「ひゃー　たすけてー。」
さあ　たいへん、大《おお》さわぎに　なりました。なかには
おそろしくて、その場《ば》に　うごけなくなったものも　います。
「みんな　はやく　にげるんだ。ライオンは　ぼくが

ひきうけるっ。」

エルフは　すっと　首《くび》を　のばして　ライオンの　まえに　立《た》ちはだかりました。

ライオンは　うしろあしで　立《た》つと、エルフめがけて　つかみかかりました。
エルフ　がんばれ。
エルフは　馬《うま》のように　つよい　あしで、ライオンを　けり、おのより　こわい　くちばしで　つつきます。
ライオンは　するどい　きばと　つめで　エルフの　からだを　いまにも　ひきさきそうです。
ギャオー　ワォー
あたりの　小《こ》えだや　草《くさ》が　とびちり、もうもうと　たつ　すなけむりの　なかで、エルフが　さいごに　けった　一《いっ》ぱつが　きいたのか、ライオンは

よろよろしながら　おかの　むこうへ　かえっていって
しまいました。

「わーい、かった　かった。ぼくらの　エルフ。」

「えらいぞ　エルフ。」

「つよいぞ、ぼくらの　エルフが　かった。」

みんなは　おどりあがって　よろこびました。

ところが　たたかった　エルフに　近《ちか》づくと、
たいせつな　エルフの　あしの　一《いっ》ぽんが
くいちぎられてしまっていたのです。

「みんな　ぶじで　ほんとに　よかった。」

エルフは　いたみを　こらえて　それだけ　いうと、

しずかに　その場《ば》へ　うずくまって　しまいました。
それから　草原《くさはら》は　また、へいわな　日《ひ》が
つづきました。
けれども、エルフに　とっては　くるしみの　日《ひ》が
はじまったのです。
かたあしでは　子《こ》どもたちとも　あそべません。
みんなの　しごとの　おてつだいも　できないし、
だいいち　まい日《にち》の　えさを　さがすのだって
たいへんな　くろうです。
はじめのうちは、いのししが　木《き》の　ねを、
しまうまは　草《くさ》を、なかまの　だちょうは　木《き》の　はを

わけてくれました。けれども　それぞれ　じぶんたちの
かぞくの　ことだけでも　たいへんなのです。
エルフは　日《ひ》が　たつに　つれて、なんとなく
みんなから　わすれられていきました。
みんなに　とっては、あかるい　おひさまも、
エルフには　ただ　あつく、くるしすぎます。
まわりには　だんだん　食《た》べものが　なくなっていきます。
ひょこたん　ひょこたん
一日《いちにち》に　いくらも　あるけない　エルフは、
ひからびた　木《き》の　ねっこや、なにかの　ほねや
石《いし》ころなんかを　たべて　すごす　日《ひ》のほうが

おおく　なりました。
　そのせいか、エルフの　からだは
かさかさに　ひからびて、
ただ　せいばかり
たかく　なってしまうようでした。
　月《つき》の　あかるい　ばんには、
ハイエナが　ぞろぞろ　やってきて、
「こいつ、まだ　いきてるぜ、
たおれれば　おれたちの
えさに　なるのにな。」
と、ぶつくさ　いって　とおりすぎます。

よが　あければ、はげわしが　あたまの　うえを
わに　なって　とびながら、
「エルフ、はやく　おれたちの　えさに　なってくれや。」
と　いいます。
エルフは　もう　このごろは、一日《いちにち》じゅう
ひとところに　立《た》ったまま、じっと　目《め》を
つぶっているばかりでした。
なみだが　ひとつぶ、かわいた　くちばしを　つたって、
ぽつんと　あしもとの　すなに　すいこまれました。
いまの　エルフに　とっては、子《こ》どもたちの
あそんでいる　声《こえ》を　きいていることだけが

なぐさめなのです。
ある日《ひ》、エルフが　まひるの　空《そら》を　うとうと
ながめていたときの　ことです。
とつぜん、森《もり》の　はずれに、なにか　くろいものが
はしりました。
あっ!!
「くろひょうだぞー。」
エルフは　かすれる　声《こえ》で　さけびました。
「わーっ　こわーい。」
みんなは　いっせいに　にげましたが、おくれた
子《こ》どもたちが　ねらわれました。

エルフは　じぶんの　からだの　ことなど　わすれて、
なんとか　たすけてやらなくてはと　思《おも》いました。
けれど　もう　間《ま》にあいません。
「みんな　ぼくの　せなかに　のれっ。」
子《こ》どもたちは　むちゅうで　エルフの　せなかに
はいあがりました。
くろひょうは　まっかな　口《くち》を　ひらいて、
とびかかってきました。
エルフは　からだを　かたく　して　じっと
がんばります。
その　力《ちから》づよい　かおを　みていると、

みんなは　なんだか　とても　たかい、
あんぜんな　ところに　いるように　思《おも》えました。
いいえ、ほんとうに　エルフは　大《おお》きく
なっていたのです。
くろひょうが　いっぽんの　あしに　とびついても、
そのたびに　くちばしで　目玉《めだま》や　はなを
つつかれるので、ばたんと　じめんに
おちてしまうのです。
　エルフは　さいごの　力《ちから》を　ふりしぼって
たたかいます。
　せぼねは　みんなの　おもみで　いまにも

おれそうです。
一《いっ》ぽんあしには
くろひょうの　きばと
つめで、　ちの　すじが
いくつも　できました。
くろひょうは　さんざん
いためつけられて、
よっぱらいのように
ふらつきながら　にげていって
しまいました。

「たすかったー。」
「ばんざーい。」
みんなの　声《こえ》が　ゆめの　なかで　きこえたような
気《き》がしました。そして、だんだん　気《き》が　とおくなって、
なにも　わからなく　なってしまいました。
子《こ》どもたちは　たかい　エルフの　せなかから　やっと
おりました。
「エルフ　ありがとう。」
と、さけんで　ふりあおぐと、みんなは　あっと
おどろきました。
そこには　かたあしの　エルフと　同《おな》じ　かっこうで

すばらしく　大《おお》きな　木《き》が　空《そら》に　むかって
はえていたのでした。
　そして、エルフの　顔《かお》の　ちょうど　ま下《した》あたりに、
きれいな　いけが　できていました。
　そう　エルフの　なみだで　できたのかも　しれませんね。
　木《き》に　なった　エルフは　その日《ひ》から
野原《のはら》に　一年《いちねん》じゅう　すずしい
木《こ》かげを　つくり、どうぶつたちは
いずみの　まわりで
いつも　楽《たの》しく　くらしました。

チワンのにしき

［文《ぶん》］君島久子《きみしまひさこ》
［絵《え》］佐々木一澄《ささきかずと》

むかし　むかし　そのむかし。
チワンの　村《むら》に、それは　うつくしい　にしきを
おる　おばばが　おった。
おばばの　にしきは、鳥《とり》でも　花《はな》でも、ほんもの
そっくりだったから、みんな　よろこんで
買《か》ってくれるのだ。
おばばは、せっせと　にしきを　おっては、

町《まち》へ　いって　売《う》りながら、　三人《さんにん》の　こどもを
そだててきたそうな。
ある日《ひ》、町《まち》へ　いっての　帰《かえ》り道《みち》、ひょいと
道《みち》ばたの　店《みせ》を　見《み》ると、目《め》も　さめるような
絵《え》が　かけてある。
「ほんに　まあ、みごとな　山《やま》ざとの　けしきよのう。」
おばばは、うっとり　その　絵《え》に　見《み》とれておったが、
もう　とても　たまらず、ありったけの　お金《かね》を　だして、
その　絵《え》を　ゆずってもらってきた。
それからと　いうもの、つくづく　その　絵《え》を
ながめては、いつも　いつも、ためいきばかり。

「ほんに　まあ、この
絵《え》のような　ところに　すめたら、
どんなにか　よかろうに。」
それを　見《み》て、上《うえ》の
むすこの　ロモが、
「そりゃあ　ゆめだよ　おばば。」
と　いえば、つぎの　むすこの
ロテオも、
「あのよに　いってからのことさね。」
と、口《くち》を　とがらす。
おばばは、なさけなくなって、

三《さん》ばんめの　むすこの　そでを　ひっぱり、
「ロロや、こんな村《むら》に　すめないもんかねえ。」
ロロは　じいっと　かんがえこんだが、
「おばば、この　絵《え》の　けしきを、にしきに　おったら
どうだ。」
と　いった。おばばは　こっくりして、
「うん、もっともだ。おまえの　いうとおりだ。」
それから　おばばは、まいにち　まいにち、にしきを
おった。
おって　おって、ひと月《つき》　たった。
そのうちに　ロモと　ロテオが、ぶつぶつ　もんくを

いいだした。
「これじゃ　おれたち、ひあがっちまうぞ。」
「にしきも　うらず、おれたちの　木《き》こりだけでは、
米《こめ》も　買《か》えんしなあ。」
すると、ロロが　いうことには、
「木《き》こりは、おれ　ひとりで　せっせと　やるで、
おばばには、したいことを　やらせてやろう。」
その日《ひ》から、ロロが　ひとりで　山《やま》へ　いった。
あさも、昼《ひる》も、夜《よる》も。
おばばも　にしきを　おりつづけた。
あさも、昼《ひる》も、夜《よる》も。

夜《よる》には　たいまつを　ともしておったから、
けむりで、おばばの目《め》が　まっ赤《か》に　ただれた。
こうして　一年《いちねん》　たつうちに、おばばの　目《め》から、
なみだが　ひとりでに　ながれるようになった。
なみだが、にしきの上《うえ》に、ぽとーんと　したたると、
そこに　きれいな　小川《おがわ》を　おった。
まるい　いけも　おった。
二年《にねん》　たつと、おばばの　目《め》から、ちが
にじみでるようになった。
それが　にしきの上《うえ》に、ぽたっと　おちると、
そこに　まっ赤《か》な　おてんとうさまを　おった。

赤《あか》い　草花《くさばな》を　おった。
こうして　三年《さんねん》めに、やっとこさ　にしきが
できあがったそうな。
おばばは、
「うんこらしょ。」
と、こしを　のばすと、このとき、はじめて、
にっこり　わらった。
それは　まあ、なんとも　いいようのない
けしきであった。
見《み》たこともない　りっぱな　家《いえ》が　あって、
花《はな》ぞのには　花《はな》が　にぎやかに　さいて、のはらには、

牛《うし》や　馬《うま》が　のんびりと　草《くさ》を　たべ、　はたけには、
金色《きんいろ》の　ほなみが　さわさわ　ゆれる。
　これを　見《み》た　むすこたちは、　おもわず　大声《おおごえ》を
あげて、
「はあれまあ、なんて　たまげた　にしきだぁ。」
　このとき　ふいに、
　ごおーっ
と　あやしい　風《かぜ》が　ふいてきて、　あっというまに、
その　にしきを　さらってしまった。
　にしきは　風《かぜ》にのって、　大鳥《おおとり》のように　まいあがり、
たちまち、　東《ひがし》の空《そら》に　きえてしまった。

おばばは　もう　なみだ声《こえ》で、
「ロモ、さがしに　いっておくれ。」
ロモは　しぶしぶ　東《ひがし》のほうへ　でかけていった。
ロモは　いくにちか　歩《ある》いて、けわしい　山《やま》あいの
道《みち》に　さしかかると、そこに　おかしな　石《いし》の
馬《うま》が　立《た》っている。

このとき　どこからか、かみの　まっしろい　おばばが
すうーっと　あらわれて、
「ロモや、そなたの　さがしものは、ずうっと、東《ひがし》、
ひので山《やま》の　せんにょたちが、もっているぞい。」
と　いう。ロモは　目《め》を　まるくして、

「ひので山《やま》の、せんにょだと？」

と　ききかえすと、

「そうさ、そこへ　いくにはな、そなたの　はを　二《に》まい

ぬいて、この　石馬《いしうま》の　口《くち》へ　はめこむんじゃ。

すると、馬《うま》は、木《き》のみを　たべて、そなたを

のせてってくれるがな。したが、とちゅうで、火《ひ》の山《やま》、

こおりの海《うみ》を　こえねば　ならんが、どうだ

やれるかな。」

きいて　ロモは、口《くち》も　きけず、がたがた

ふるえだしたた。

しらがの　おばばは　それを　見《み》ると、小《こ》ばこを

ロモに　わたして　いうことには、
「だめじゃな、では、この　はこを　もって、家《いえ》に
帰《かえ》りなされ。」
　ロモは　帰《かえ》るとちゅうで、はこを　こっそり
あけてみた。
　なんと、お金《かね》が　たっぷり。
「しめた。うちへ　もっていくなぁ　やめた。
ひとりで　らくに　くらそう。」
と、くるりと　むきを　かえて、すたこら
町《まち》のほうへ　いってしまった。
　うちでは　おばばが、首《くび》を　ながくして

まっておった。
いくら　まっても、むすこは　帰《かえ》ってこない。
そこで、二《に》ばんめの　ロテオに　たのんだ。
ロテオも、しぶしぶ　でかけていったが、
兄《あに》と　おんなじ　道《みち》で、しらがの　おばばに
小《こ》ばこを　もらい、やっぱり　町《まち》へ　いってしまった。
うちでは、おばばが　なきなき　まった。
まっても　まっても　帰《かえ》ってこない。
あんまり　長《なが》いこと　ないたものだから、
とうとう　目《め》が　見《み》えなくなった。
ロロは　もう　こらえきれずに、

「おばば、おれが　いく。あの　にしきを、きっと
さがしてくるとも。」
と　いうと、さっそく　でかけていった。
ロロも　また　山《やま》あいの　道《みち》で、しらがの　おばばに
あった。
おばばは　兄《あに》たちに　したように、
「そなたも、これを　もって、帰《かえ》りなされ。」
と、小《こ》ばこを　わたそうとするが、ロロは　首《くび》を
よこに　ふって、
「いいや、おらは、にしきを　とりに　いく。」
と　むねをはり、じぶんの　口《くち》から、むずと、

はを　ひっこぬいて、石馬《いしうま》の　口《くち》に　はめこんだ。
するとふしぎ、馬《うま》は、「ひひーん。」と、
ほんものみたいに　いないて、そばの　木《き》のみを
ぱくぱく　くって、ロロを　ぽいと　せなかに　のせた。
すると　おばばが、
「ロロや、火《ひ》の山《やま》を　こえるとき、声《こえ》を　だすなよ。
だせば　やけしんでしまうぞ。　こおりの海《うみ》を
わたるとき、ふるえるなよ。　ふるえると
しずんでしまうぞ。」
と　いいきかせた。
ロロを　のっけた　石《いし》の馬《うま》は、三日三《みっかみ》ばん

かけつづけて、ぼうぼう　火《ひ》を
ふいている　山《やま》に　きた。
まっ赤《か》な　ほのおが、大口《おおぐち》　あけて、
べろべろと　したなめずりして
おそってくる。
ロロは、馬《うま》の　せなかに　ぴったり
くっつき、かみの毛《け》が　ばりばり
もえても、はだが　じりじり　やけても、
うん、と、こらえて、ひとっことも　声《こえ》を　ださない。
やっと　火《ひ》の山《やま》を　かけぬけると、こんどは
あれくるう　海《うみ》だ。

馬《うま》は　たてがみを　ふるって、ざぶんと　海《うみ》に
とびこんだ。
ロロは　目《め》を　つむり、馬《うま》に　しっかと　しがみつく。
こおりのように　つめたい　なみが、かたなのように
きりつけてきたが、ロロは、むっと　こらえて、
みぶるい　ひとつしない。
馬《うま》は　やっと　海《うみ》をば　こえた。
「ひひーん。」
石《いし》の馬《うま》は　いないて、ぱっと　空《そら》たかく
おどりあがった。
かとおもうと、なんと　そこは　もう、ひので山《やま》の

てっぺんだったのだ。
そこには　春《はる》の　風《かぜ》が　そよと　ふき、あたたかい
日《ひ》のひかりの　なかに、きれいな　ごてんが、すっと
たっていた。

ロロは　かまわず、ごてんに　どんどん入《はい》っていくと、なかでは、まあ　うつくしいせんにょたちが、なにやら　おっている。
近《ちか》よってみると、まんなかに　目《め》のさめるようなにしきが、ぱあっと　ひろげてあるではないか。
「あっ！　おばばの　にしきだ。」
ロロは　たまげた　声《こえ》を　だした。せんにょたちは、みんな　びっくりして　ふりむいたが、
「そう、おばばの　にしきが、あまり　うつくしいので、お手本《てほん》にして　おっているのじゃ。」
と　いって、また　せっせと　おりつづける。

やがて　夜《よる》に　なった。
それでも　せんにょたちは、やめずに　おりつづけた。
そのうちに　赤《あか》い　きものをきた　せんにょが、
にしきを　おりあげ、おばばのと　見《み》くらべて、
「とても　かなわぬ、せめて　この　にしきの　なかに
すんでみたいもの。」
と　いって、おばばの　にしきの　なかに、
じぶんの　すがたを　おりこんでしまった。
夜《よる》が　しんしんと　ふけてきた。
ロロは　うとうとしていたが、ふと　気《き》がつくと、
せんにょたちは、みんな　ねむっている。

「そうだ、このまに、はやく　あの　にしきを　もって帰《かえ》ろう。」

ロロは　おばばの　にしきを　ひっつかむと、石馬《いしうま》に　とびのって、いっさんに　もと　きた　道《みち》をひきかえした。

あの　山《やま》あいの　道《みち》には、しらがの　おばばがまっていた。

おばばは、馬《うま》の　口《くち》から、はを　ぬくと、ロロの　口《くち》にはめこんで、

「さ、はよう　おかえり、そなたの　おばばがびょう気《き》で、いまにも　あぶないぞよ。」

と　いって、しかの　かわの　くつを　くれた。
ロロが　それを　はいて、とんと　じめんを　けると、
あっというまに　空《そら》を　とんで、気《き》がついたときには、
もう　わがやに　ついていた。
「おばばぁ、にしきを　もってきたぞぉ。」
と　ロロは　さけんで、ふところから　とりだし、
おばばの　まえに　ひろげた。すると、にしきから
さっと　ひかりが　さしたかと　おもうと、
おばばの　目《め》が　ぱっと　あいた。
「おお、ありがたいことじゃ。ささ、おもての
あかるいところで、もっと　ようく　見《み》せておくれ。」

ふたりは　外《そと》へ　でて、
にしきを　じめんに　ひろげた。
このとき、ほんのりと
においの　いい　風《かぜ》が　ふいてきた。
すると　ふしぎなことに、にしきは
さらさらと　音《おと》を　たてて、
ひろがりだした。
そして、どこまでも　どこまでも
ひろがっていき、とうとう
村《むら》いっぱいに　ひろがった。
ロロたちの　すまっていた

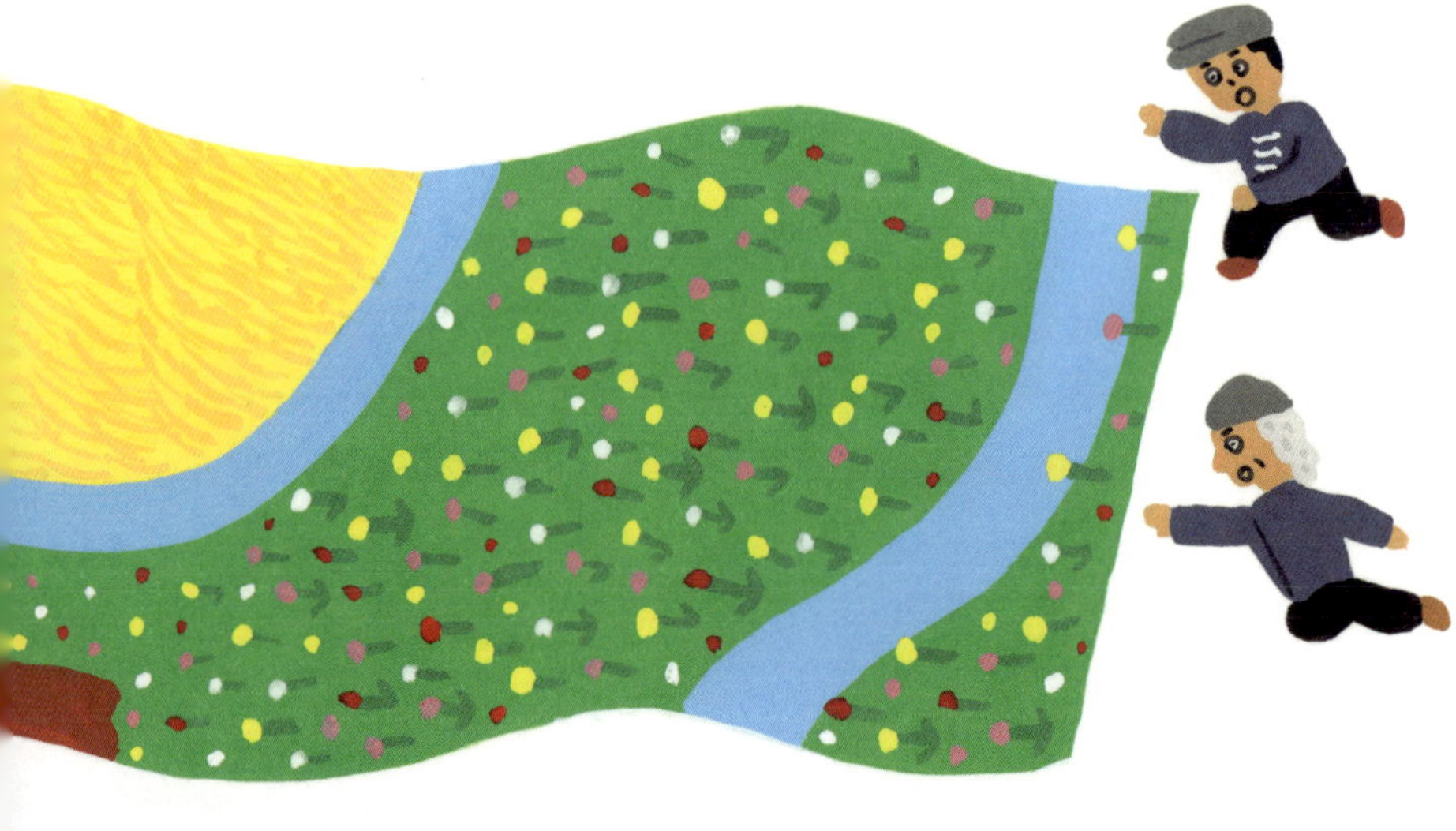

あばらやは、にしきの
なかの　りっぱな　家《いえ》に
かわってしまった。
花《はな》が　さき、いねが　みのり、
にしきの　なかの　村《むら》が、
そのまま　ひろがっていた。
「おや、あのこは　だれだい。」
と、おばばが　ゆびさすほうを
みると、いけの　そばに　赤《あか》い
きものの　むすめが　立《た》っている。
それは、にしきの　なかに、

じぶんの　すがたを　おりこんだ　ひので山《やま》の
せんにょだったのだ。
おばばは、大《おお》よろこびに　よろこんで、その　むすめを
ロロの　よめさんにした。
それからというもの、びんぼうにんや、
みよりのないもんが　おれば、つれてきて　この　村《むら》に
すまわせ、それは　まあ　たのしく　くらしたそうな。
ある日《ひ》、ふたりの　こじきが　この　村《むら》に　やってきて、
じーっと　けしきを　ながめ、それから　ほーっと
ながい　ためいき　ついて、そのまま　しょんぼり
立《た》ちさったということだ。

それは　もしかすると、兄《あに》の　ロモと
ロテオだったかもしれない……。

ウサギのダイコン

［作《さく》］茂市久美子《もいちくみこ》　［絵《え》］木村《きむら》いこ

ゆうすげ村《むら》に、ゆうすげ旅館《りょかん》という一《いっ》けんの旅館《りょかん》があります。

小《ちい》さな旅館《りょかん》で、年《とし》とったおかみさんが、ひとりで、旅館《りょかん》をきりもりしています。

おかみさんの名前《なまえ》は、原田《はらだ》つぼみさんといいます。

五月《ごがつ》、わか葉《ば》の季節《きせつ》でした。

ゆうすげ旅館《りょかん》は、山《やま》に林道《りんどう》をとおす工事《こうじ》のひとたちがとまりにきて、ひさしぶりに、六人《ろくにん》ものたいざいのお客《きゃく》さんがありました。

つぼみさんは、毎朝《まいあさ》、早起《はやお》きして、お客《きゃく》さんの朝《あさ》ごはんとおべんとうをつくりました。

そうして、お客《きゃく》さんが仕事《しごと》にでかけると、そうじをした

り、せんたくをしたり、夜《よる》ねるまで、ほっと息《いき》をつくひまもありませんでした。

わかいころなら、お客《きゃく》さんの六人《ろくにん》ぐらい、何日《なんにち》とまっても、平気《へいき》でした。

でも、年《とし》のせいでしょうか。一週間《いっしゅうかん》もすると、ふとんをあげたり、おぜんをもってかいだんをのぼるのが、つらくなってきたのです。

ある日《ひ》、つぼみさんは、夕《ゆう》はんの買《か》い物《もの》から帰《かえ》るとちゅう、重《おも》い買《か》い物《もの》ぶくろをちょっとのあいだ道《みち》ばたにおろして、ついひとりごとをいいました。

「せめて、いまとまっているお客《きゃく》さんたちが帰《かえ》るまで、だれか、手《て》つだってくれるひとがいないかしら……。」

そのよく朝《あさ》のことです。つぼみさんが、朝《あさ》ごはんのかたづけをしていると、台所《だいどころ》のドアのむこうで、

「おはようございます。」

と、かわいい声《こえ》がしました。

つぼみさんが、台所《だいどころ》のドアをあけると、色白《いろじろ》のぽっちゃりとしたむすめが、ダイコンが何本《なんぼん》

もはいったかごをもって、たっていました。

「わたし、美月《みづき》っていいます。お手《て》つだいにきました。」

「えっ?」

つぼみさんが、きょとんとすると、むすめは、したしそうにわらいました。

「ほら、きのうの午後《ごご》、だれか手《て》つだってくれるひとがいないかしらって、いってたでしょ。わたし、耳《みみ》がいいから、きいてしまったんです。」

「まあ……。」

つぼみさんは、そっと首《くび》をかしげました。買《か》い物《もの》の帰《かえ》り、だれにもあわなかったはずです。

(へんねえ。どこのむすめさんかしら?)

すると、むすめがいいました。

「わたし、こちらの畑《はたけ》をかりてる宇佐見《うさみ》のむすめです。父《とう》さんが、よろしくっていってました。これ、あの畑《はたけ》でつくったウサギダイコンです。」

むすめは、もってきたダイコンを、つぼみさんにさしだしました。

(ああ、あのときの……。)

ゆうすげ旅館《りょかん》では、山《やま》の中《なか》に小《ちい》さな畑《はたけ》をもっていました。でも、つぼみさんのご主人《しゅじん》がなくなったあと、畑《はたけ》は、たがやすひとがなくなって、草《くさ》ぼうぼうになっていました。

ところが、きょ年《ねん》の秋《あき》、そんな畑《はたけ》をかりたいという男《おとこ》のひとがやってきたのです。

「あんな山《やま》の中《なか》のふべんなところにある畑《はたけ》でいいんですか？　そのままにしておくのが気《き》になっていましたから、かえって、こちらからおねがいして、かりていただきたいほどです。お礼《れい》なんていりませんからね。」

つぼみさんのことばをきくと、男《おとこ》のひとは、なんどもおじぎをして、うれしそうに、帰《かえ》っていきました。

「あなた、宇佐見《うさみ》さんのむすめさんなの。じゃあ、せっかくきてくれたんだから、手《て》つだってもらいましょうか。それにしても、みごとなダイコンだこと。ネズミダイコンなら、きいたことあるけど、ウサギダイコンっていうのもあるの……。」

この日《ひ》の午前中《ごぜんちゅう》、むすめは、くるくるとよくはたらきました。そうじもせんたくも、さっさとして、まるで、昔《むかし》から、ゆうすげ旅館《りょかん》を手《て》つだってきたみたいなのです。

（いいむすめさんが手《て》つだいにきてくれて、ほんとによかった。）

つぼみさんは、からだがらくになったばかりか、たのしくしあわせな気持《きも》ちになりました。

午後《ごご》になると、むすめは、ちょっとでかけて、タンポポの花《はな》とヨモギの葉《は》っぱをつんできました。

「こんばん、てんぷらにしませんか。それから、ウサギダイコンで、ふろふきダイコンとサラダつくりませんか。わたし、りょうりがとくいなんですよ。」

こうして、そのばんのゆうすげ旅館《りょかん》のこんだては、タンポポの花《はな》とヨモギの葉《は》っぱのてんぷらに、ユズみそのふろふきダイコンと、ダイコンのサラダ、それから、ブリのてりやきになりました。

てんつゆにも、やき魚《ざかな》にも、たっぷりの、ダイコンおろしがつきました。

（こんばんは、ダイコンづくしで、お客《きゃく》さんは、びっくりしてるんじゃないかしら。どれも、あの子《こ》が、一生《いっしょう》けん命《めい》つくったんだから、のこさず食《た》べてくれ

るといいけど……。）

つぼみさんは、いのるような気持《きも》ちで思《おも》いました。

ところが、夕《ゆう》はんがおわって、おぜんをかたづけてみると、どのお皿《さら》も、ぺろりとなめたようにきれいなのです。

「いやあ、あまくて、おいしいダイコンだねえ。今夜《こんや》のりょうりは、どれもこれも、ほんと、おいしかった。」

お客《きゃく》さんのひょうばんが、あまりよかったので、よく日《じつ》も、そのまたよく日《じつ》も、ゆうすげ旅館《りょかん》のこんだては、ダイコンづくしになりました。

むすめは、毎朝《まいあさ》、畑《はたけ》でとれたてのダイコンをもってきて、せっせと、ダイコンのりょうりをつくりました。

さて、ダイコンづくしのりょうりがつづくようになった、ある日《ひ》、仕事《しごと》から帰《かえ》ってきたお客《きゃく》さんがいいました。

「ちかごろ、耳《みみ》がよくなったみたいなんですよ。仕事《しごと》で山《やま》にはいると、小鳥《ことり》の声《こえ》や、動物《どうぶつ》のたてる音《おと》が、じつによくきこえるんです。おかげで、あやうく工事《こうじ》でこわすところだった小鳥《ことり》のすを見《み》つけて、ほかにうつしてやれましたよ。すには、かわいいひなが三羽《さんば》もいました。」

それをきくと、つぼみさんは、はっとしました。そういえば、つぼみさんの耳《みみ》も、近《ちか》ごろ、きゅうによくなった気《き》がします。

遠《とお》くの小鳥《ことり》の声《こえ》や、小川《おがわ》のせせらぎが、しょっちゅうきこえてくるのです。

夜《よる》など、みんながねしずまって、あたりが、しいんとすると、はるか遠《とお》い山《やま》の上《うえ》をふく風《かぜ》の音《おと》を、いま、どのあたりをふいているのか、ききわけることができました。

（きゅうに、どうしたのかしら……。）

つぼみさんは、お客《きゃく》さんに気《き》づかれないように、そっと首《くび》をかしげました。

こんなふうにして、またたくまに、二週間《にしゅうかん》がすぎて、たいざいのお客《きゃく》さんたちは、仕事《しごと》がおわり、ゆうすげ旅館《りょかん》をひきあげていくことになりました。

お客《きゃく》さんが帰《かえ》って、あとかたづけがすむと、むすめはおずおずとエプロンをはずしました。

「それじゃあ、わたしも、そろそろおいとまします。」

「えっ、もう帰《かえ》ってしまうの。このままずっと、手《て》つだってくれたらいいなって思《おも》ってたんだけど……。」

つぼみさんがいうと、むすめは、下《した》をむきました。

「畑《はたけ》のダイコンが、いま、ちょうど、とりごろなんです。父《とう》さんひとりじゃたいへんだから、手《て》つだわないと。ダイコン、しゅうかくがおくれると、すがはいってしまうんです。そしたら、ダイコンの、まほうのききめが、なくなってしまいますから。」

「まほうのききめって？」

つぼみさんが、思《おも》わず身《み》をのりだすと、むすめは、こっそりといいました。

「耳《みみ》がよくなるまほうです。」

「ええっ！」

つぼみさんは、大《おお》きくうなずきました。

（ああ、だから、お客《きゃく》さんもわたしも、きゅうに耳《みみ》がよくなったんだ。）

つぼみさんが、ほおっとふかい息《いき》をつくと、むすめがいいました。

「耳《みみ》がいいってことは、とってもすてきなことなんですよ。夜《よる》は、星《ほし》の歌《うた》もきこえますし、よい耳《みみ》が、きけんから身《み》をまもってもくれます。ですから、お山《やま》のみんなは、ウサギダイコンがとれるのを、いまかいまかとまってます。」

「じゃあ、ひきとめるわけにはいかないわねえ。これ、すこしだけど。」

つぼみさんが、これまでのおきゅうりょうのふくろをわたそうとすると、むすめは、それを両《りょう》手《て》でおしかえしました。

「畑《はたけ》をかりているお礼《れい》です。これからも、ずっと、かしてくださいね。」

それから、むすめは、おじぎをすると、にげるように、帰《かえ》っていきました。

よく日《じつ》、つぼみさんは、町《まち》にでかけて、むすめのために、花《はな》がらのエプロンを買《か》うと、それをもって、山《やま》の畑《はたけ》にでかけました。

(ここにくるの、何年《なんねん》ぶりかしら。エプロン、気《き》にいってくれるといいけど……。)

畑《はたけ》についていて、つぼみさんの目《め》に、まっさきにとびこんできたのは、二《に》ひきのウサギでした。

（たいへん、ウサギが、畑《はたけ》をあらしてるわ！）

でも、すぐに、つぼみさんは、そうではないことに気《き》がつきました。二《に》ひきは、ダイコンをぬいているところだったのです。

（そういうことだったの……。）

つぼみさんは、畑《はたけ》のダイコンに見《み》とれました。

あおあおとした葉《は》っぱの下《した》から、雪《ゆき》のように真《ま》っ白《しろ》な根《ね》が顔《かお》をだしています。

（山《やま》のよい空《くう》気《き》と水《みず》で、ウサギさんたちが、たんせいこめて育《そだ》てたダイコンだもの、どんなダイコンよりおいしいはずだわ。ダイコンができるのをまってる、お山《やま》のみんなって、タヌキさんやキツネさんかしら……。)

つぼみさんは、にこにこしながら、エプロンのつつみに「美月《みづき》さんへ」と書《か》くと、それを畑《はたけ》においてこっそりと帰《かえ》りました。

よく朝《あさ》、ゆうすげ旅館《りょかん》の台所《だいどころ》の外《そと》には、ひとかかえほどのダイコンがおいてありました。

それには、こんな手紙《てがみ》がそえられていました。

『すてきなエプロン、ありがとうございました。

きのう、ほんとは、おかみさんが山《やま》の畑《はたけ》にきたのを、足《あし》音《おと》でわかったのですが、父《とう》さんもわたしも、ウサギのすがたを見《み》られるのが、なんだかはずかしくて、しらんふりしてしまいました。
気《き》をわるくしないでください。
いそがしくなったら、また、お手《て》つだいにきます。
どうぞ、お元気《げんき》で。ウサギの美月《みづき》より』

楽《たの》しく考《かんが》える

お話《はなし》のポイント

この本《ほん》にのっているお話《はなし》を通《とお》して、考《かんが》える力《ちから》を身《み》につける読《よ》み方《かた》のポイントを紹介《しょうかい》します。お話《はなし》のポイントに注目《ちゅうもく》してもう一度《いちど》読《よ》んでみると、あたらしい気《き》づきがあるかもしれません。お話《はなし》を「考《かんが》え」ながら読《よ》むことで、より面白《おもしろ》く読《よ》むことができるようになっていき、国語《こくご》が得意《とくい》になります。

筑波《つくば》大学《だいがく》附属《ふぞく》小学校《しょうがっこう》
国語《こくご》科《か》教諭《きょうゆ》　白坂《しらさか》　洋一《よういち》

かさこじぞう

- お話《はなし》を読《よ》んで、じいさまとばあさまはどんな人《ひと》だと思《おも》ったかな？
- じぞうさまが、じいさまたちの家《いえ》に来《き》た意味《いみ》を考《かんが》えてみよう。

にゃーご

・ねこの「にゃーご」とねずみの「にゃーご」、それぞれ別《べつ》の言葉《ことば》で言《い》うとなんだろう？
・お話《はなし》のさいごに小《ちい》さな声《こえ》で「にゃーご」といったねこの気《き》もちを考《かんが》えてみよう。

はるねこ

・いまのできごとと、むかしのできごとがどんな順番《じゅんばん》で書《か》かれているだろう？
・「はやく　あったかい　おそとで　あそびたいなあ。」とつぶやいたあやの気《き》もちを考《かんが》えてみよう。

きつねのおきゃくさま

・タイトル「きつねのおきゃくさま」の「おきゃくさま」の意味《いみ》を考《かんが》えてみよう。
・きつねが「はずかしそうに　わらって　しんだ」のはなぜだろう？

ワニのおじいさんのたからもの

- お話《はなし》の終《お》わりで気《き》になったのはどんなことだろう？
- ワニのおじいさんがオニの子《こ》にたからの地図《ちず》を教《おし》えたのはどうしてだろう？

さかなには　なぜしたがない

- ウーフとふなのやりとりで気《き》になったのはどんなところだろう？
- ウーフはお母《かあ》さんと話《はな》して、どう変《か》わっただろう？

ないた赤《あか》おに

- お話《はなし》のさいごで、青《あお》おにの手紙《てがみ》を読《よ》んだ赤《あか》おにはどんな気《き》もちだっただろう。
- 自分《じぶん》が友《とも》だちのためにがんばったことや、これからがんばりたいことを考《かんが》えてみよう。

かたあしだちょうのエルフ

- エルフがライオンやくろひょうと戦《たたか》ったのはどうしてだろう？
- まわりの動物《どうぶつ》たちはエルフのことをどう思《おも》っていたか考《かんが》えてみよう。

チワンのにしき

- お話《はなし》のさいごがどんな意味《いみ》だったのかを考《かんが》えてみよう。
- にしきが広《ひろ》がるようすを想像《そうぞう》してみよう。

ウサギのダイコン

- お話《はなし》を読《よ》んで、つぼみさんはどんな人《ひと》だと思《おも》ったかな？
- ウサギの美月《みづき》はどんなことを考《かんが》えておかみさんに会《あ》いにいっていただろう？

おわりに

お気《き》に入《い》りのお話《はなし》は見《み》つかりましたか？　もう一度《いちど》読《よ》んでみたいお話《はなし》はありますか？

お話《はなし》ってふしぎです。私《わたし》たちの「心《こころ》」にまっすぐ語《かた》りかけてくるのですから。「はじめに」でも紹介《しょうかい》したように、二年生《にねんせい》の本《ほん》では、登場人物《とうじょうじんぶつ》を通《とお》して、自分自身《じぶんじしん》を見《み》つめ直《なお》すことができる作品《さくひん》を多《おお》く紹介《しょうかい》しています。

例《たと》えば、「ワニのおじいさんのたからもの」。みなさんだったら、いつまでも夕《ゆう》やけを見《み》ているオニの子《こ》になんと話《はな》しかけますか？　足《あし》もとに、たからものを入《い》れたはこがうまっているのを教《おし》えますか？　このことをおうちの人《ひと》や友《とも》だちと話《はな》し合《あ》ってみてもいいでしょう。みなさんとはちがう考《かんが》えが出《で》てくるかもしれません。話《はな》し合《あ》うことで、なぜワニのおじいさんがたからものをオニの子《こ》に教《おし》えたのかも気《き》づくかもしれません。

このように、一《ひと》つの問《と》いから想像《そうぞう》が広《ひろ》がって、お話全体《はなしぜんたい》を考《かんが》えることにつながっていきます。

二年生《にねんせい》のみなさんは、お話《はなし》についてだれかと話《はな》し合《あ》ったことをもとに、感想《かんそう》をまとめてみましょう。まずはお話《はなし》を読《よ》んでいいなあと思《おも》ったところや疑問《ぎもん》に思《おも》ったところと、その理由《りゆう》を書《か》いてみることからでもかまいません。それを感想文《かんそうぶん》としてまとめると考《かんが》えを整理《せいり》することができます。そうすることで、あなたの考《かんが》えをより深《ふか》めることができます。

さらに、気《き》になったお話《はなし》を書《か》いた作者《さくしゃ》のべつの本《ほん》を図書館《としょかん》などで探《さが》して読《よ》んでみましょう。あなたの読書生活《どくしょせいかつ》が大《おお》きく広《ひろ》がることでしょう。

筑波大学附属小学校《つくばだいがくふぞくしょうがっこう》　国語科教諭《こくごかきょうゆ》　白坂《しらさか》　洋一《よういち》

著者略歴

岩崎《いわさき》京子《きょうこ》

1922年、東京都生まれ。主な作品に『花咲か』、『しちどぎつね』、『十二支のはじまり』などがある。

宮西《みやにし》達也《たつや》

1956年、静岡県生まれ。主な作品に「ティラノサウルス」シリーズ、『おとうさんはウルトラマン』などがある。

かんのゆうこ

1968年、東京都生まれ。主な作品に「はりねずみのルーチカ」シリーズ、「ソラタとヒナタ」シリーズなどがある。

あまんきみこ

1931年、満州生まれ。主な作品に「車のいろは空のいろ」シリーズ、『おにたのぼうし』などがある。

川崎《かわさき》洋《ひろし》

1930年、東京都生まれ。主な作品に『それからのおにがしま』『どんどんちっちどんちっち』などがある。2004年死去。

神沢《かんざわ》利子《としこ》

1924年、福岡県生まれ。主な作品に『ちびっこカムのぼうけん』『ふらいぱんじいさん』などがある。

浜田《はまだ》廣介《ひろすけ》

1893年、山形県生まれ。主な作品に「椋鳥の夢」「龍の目の涙」などがある。1973年死去。

小野木《おのき》学《がく》

1924年、東京都生まれ。主な作品に『さよならチフロ』などがある。1976年死去。

君島《きみしま》久子《ひさこ》

1925年、栃木県生まれ。主な作品に『王さまと九人のきょうだい』『中国の神話』などがある。2023年死去。

茂市《もいち》久美子《くみこ》

1951年、岩手県生まれ。主な作品に『おちばおちばとんでいけ』「つるばら村」シリーズなどがある。

底本一覧

かさこじぞう
（『かさこじぞう』 ポプラ社 1967年）

にゃーご
（『にゃーご』 鈴木出版 1997年）

はるねこ
（『はるねこ』講談社 2011年）

きつねのおきゃくさま
（『きつねのおきゃくさま』サンリード 1984年）

ワニのおじいさんのたからもの
（『ぼうしをかぶったオニの子』所収 あかね書房 1979年）

さかなには なぜしたがない
（『くまの子ウーフのおはなし１ さかなには なぜしたがない』所収 ポプラ社 2020年）

ないた赤おに
（『泣いた赤おに』所収 ポプラ社 2005年）

かたあしだちょうのエルフ
（『かたあしだちょうのエルフ』ポプラ社 1970年）

チワンのにしき
（『チワンのにしき』ポプラ社 1969年）

ウサギのダイコン
（『ゆうすげ村の小さな旅館』所収 講談社 2000年）

監　修

白坂洋一《しらさかよういち》

筑波大学附属小学校教諭。鹿児島県出身。鹿児島県公立小学校教諭を経て、現職。教育出版国語教科書編集委員。『例解学習漢字辞典［第九版］』（小学館）編集委員。著書に『子どもを読書好きにするために親ができること』（小学館）『子どもの思考が動き出す 国語授業4つの発問 』（東洋館出版社）など。

※現代においては不適切と思われる語句、表現等が見られる場合もありますが、作品発表当時の時代背景に照らしあわせて考え、原作を尊重いたしました。

※読みやすさに配慮し、旧かなづかいは新かなづかいにし、一部のかなづかいなど表記に調整を加えている場合があります。

よんでよかった！
楽しく考える　教科書のお話　２年生
2025年2月　第１刷

監修	白坂洋一
カバーイラスト	死後くん
カバー・本文デザイン	野条友史（buku）
DTP	株式会社アド・クレール
校正	株式会社円水社
発行者	加藤裕樹
編集	荒川寛子・井熊瞭
発行所	株式会社ポプラ社 〒141-8210　東京都品川区西五反田3-5-8 JR目黒MARCビル12階 ホームページ　www.poplar.co.jp
印刷・製本	中央精版印刷株式会社

ISBN 978-4-591-18535-3　N.D.C.913　191p　21cm　Printed in Japan